竜の王子とかりそめの花嫁

登場人物紹介
ジェスライール
グリーグバルト国の王太子。
竜族の血を引いている。
魔女の呪いが原因で、
運命の伴侶である「番《つがい》」を
見つけられていない。
フィリーネ
没落した侯爵家の令嬢。
これまで社交界には縁がなかったが、
ひょんなことから仮の王太子妃として
王宮に上がることに。

沈黙の森の魔女
謎めいた女性。
少年時代のジェスライールに
呪いをかけた後、行方不明に
なっていたが――？
ジークフリード
グリーグバルト国の王。
昔「沈黙の森の魔女」と
恋人関係にあったが、
ナディアと出会ったことで
破局した。
ナディア
グリーグバルト国の王妃。
ジークフリードの「番」で、
彼に溺愛されている。
シェルダン
ジークフリードの弟。
王宮の窮屈な生活を嫌い、
長いこと各国を放浪していた。
コール伯爵
グリーグバルト国の宰相。
フィリーネを説得し、王太子妃に
なることを承諾させた。

目次

プロローグ　竜の王子と森の魔女

「運命だなんて、私は認めない！」

その悲痛な声と共に少年の頭を、まるで鈍器で殴られたかのような衝撃が襲った。圧倒的な「力」に抵抗できず、少年はガクッと膝を落とす。

「殿下！」

ここまで同行を許された唯一の護衛が慌てて駆け寄ってくる。激しい頭の痛みに、殿下と呼ばれた少年は立ち上がることすらできなかった。

「二度と番《つがい》とは会わせないわ！」

目の前の女性が涙を流しながら叫ぶ。最初に見た時は思わず見とれてしまうほど美しい女性だったが、今その顔は悲しみと憎しみに歪んでいる。

「おのれ、魔女め……！」

護衛が憤怒《ふんぬ》の表情を浮かべて剣の柄《つか》に手をかけた。主《あるじ》の異変もたった今起きた不可思議な出来事も、全てこの「魔女」が原因だと分かったからだ。

――違う、彼女は魔女じゃない。

痛みと抗《こう》しきれない力の奔流《ほんりゅう》に意識が朦朧《もうろう》とする中、少年は護衛を制止しようとした。ところがそのとたん、頭の中を掻き回されるような強烈な不快感がして、声も出せなくなる。

「殿下に何をした!?　そしてあの子どもをどこへやった!?」

その護衛の言葉に、少年は引っかかりを覚えた。

――子どもとはなんだ？

だが、考えようとしても思考は形をなさずに崩れていく。襲ってくる「力」のせいだと思うものの、少年にはどうすることもできなかった。

「殿下に仇《あだ》なす者は、魔女だろうが巫女《みこ》だろうが許すわけにはいかない！」

「……だめ、だ……」

かろうじて紡《つむ》いだ言葉も護衛の耳には届かない。止めなければと思うのに、意識は急速に遠のいていく。

――だめだ。魔女ではなくて、彼女は……

剣を手に、女性に向かっていく護衛。その足音を聞きながら少年は気を失った。

他の護衛たちが、異変を感じて駆けつけた時――そこには気を失った少年と、無残に切り裂かれて血の海に沈んだ護衛の遺体。そして他にもう一つ、魔女のものと思われる血溜まりだけが残されていた。

――それ以後、「沈黙の森の魔女」の姿を見た者はいない。

第一章　辺境の侯爵令嬢と呪われた王子

竜王の末裔《まつえい》が治めるグリーグバルトは、三方を海に囲まれた海洋王国だ。隣国と陸続きである北部は、深い森にぐるりと囲まれている。人々から「沈黙の森」と呼ばれるその森には、怖い魔女がいると言われていた。一度入ったら出てこられないと恐れられ、地元の人間もほとんど近づかない。

ところが、そんな森に平然と足を踏み入れる娘がいた。他の人々にとっては魔女がいる恐ろしい森でも、その娘――フィリーネにとっては恵みの森なのだ。

今日もまた彼女はそこに分け入り、森の恵みをせっせと収穫していた。赤い林檎《りんご》をたくさんつけた木に手を伸ばし、果実を傷つけないよう優しくもぎ取っていく。背中の真ん中まで伸びた濃い褐色《かっしょく》の髪が、フィリーネが動くたびに揺れていた。

手の届く範囲にある林檎のうち、最後の一つをもぎ取ると、彼女は足元を見下ろした。

「これくらいでいいかしら?」

林檎が山盛りになった籠《かご》を見て、フィリーネは満足そうに笑う。

これだけあれば、しばらくお金に困ることはない。

最後の林檎を籠に入れると、フィリーネは木に向かって手を合わせた。

「竜王様、森の魔女様、森の恵みをありがとうございます」

感謝の言葉を口にしたあと、籠《かご》を両腕に抱えて出口の方角へと進む。

この「沈黙の森」には誰も近寄らないため、道らしい道はない。あるとしたら獣道くらいだ。けれどフィリーネは慣れたもので、木と木の間をすり抜け、鬱蒼《うっそう》とした森から迷うことなく出た。

そして、待機させておいた荷馬車に林檎《りんご》の籠を載せる。木との間をもう何往復もしたので、荷台には林檎の入った籠がいくつも置かれていた。全てフィリーネの労働の成果だ。

汗を拭って一息つくと、フィリーネは馬車の御者台《ぎょしゃだい》に乗り込む。そして馬の手綱を引いてデコボコの道を進んだ。

家に帰ったら、家政婦のヘザーにパイを作ってもらおう。ヘザーが作るアップルパイは絶品だから、街に出て売ればいい値段になる。残りは砂糖漬けやジャムにして売ればいい。

林檎の活用方法をあれこれ考えながら、フィリーネは馬車を走らせる。途中、彼女の姿に気づいた領民が、農作業の手を休めて手を振った。それに手を振り返しつつ馬車を進めると、やがて大きな屋敷が見えてきた。小高い丘の上にどんと立つその屋敷が、フィリーネの家であるキルシュ侯爵邸だ。

遠くから見れば、侯爵家の名に相応《ふさわ》しく大きく立派に見えるだろう。だが近づくにつれて、その印象は変わっていく。かつてレンガ色だった壁はくすみ、蔦《つた》が這《は》い回っている。いくつかの部屋の窓ガラスは割れており、雨風が中に入らないよう内側から木を打ちつけてあった。

廃墟とまではいかないまでも、それに近い状態だ。

所々崩れた塀をぐるりと回り込みながら、フィリーネは屋敷を見上げてため息をつく。収穫した林檎をいくら売ったとしても、修理費用を賄《まかな》うことは不可能だろう。

「……空からお金が降ってこないかしら……？」

思わずそんな言葉が口から漏れる。十九歳の若い女性には似合わない言葉だが、すでに口癖になってしまっていた。

こんなフィリーネだが、一応侯爵令嬢という肩書きを持っている。荷馬車を使って一人で森に出かけようが、質素な服を身に纏《まと》っていようが、舞踏会や夜会などの煌《きら》びやかな場に一度も行ったことがなかろうが、れっきとした貴族の一員だ。

キルシュ侯爵家といえば、由緒正しい家柄として知られている。大昔には宰相や大臣といった人材を輩出《はいしゅつ》し、時の国王の妹姫が降嫁《こうか》したこともあった。それが今や広大だった領地のほとんどを売り払い、庶民同様の暮らしを余儀なくされている。それもこれも全ては曽祖父の放蕩《ほうとう》のせいだった。

フィリーネの曽祖父——先々代のキルシュ侯爵は女遊びや賭け事に明け暮れ、あっという間に身代を潰してしまった。その上、莫大な借金まで残して亡くなったのだ。跡を継いだ祖父は仕方なく領地を切り売りして凌《しの》いだが、領地が減ればそれだけ収入も少なくなる。借金を返すために領地を売るという悪循環を繰り返した結果、フィリーネの父がまだ小さいうちに立ち行かなくなってしまったという。

零落《れいらく》して王都の屋敷を畳み、狭い領地に引っ込むしかなくなったキルシュ侯爵家は、次第に貴族社会から忘れられていった。

フィリーネも正直なところ、貴族令嬢としての自覚はなかった。なぜなら大きな屋敷に住み、領民からお嬢様と呼ばれていようが、暮らし向きは彼らとほとんど変わらないのだ。使用人も少なく、父が幼い頃からキルシュ家に仕えてくれている、ベンとヘザーという名の老夫婦だけであった。

給料もろくに払えないのに、見捨てずにいてくれる二人には感謝している。せめて彼らが引退する時に生活の心配がいらないくらいの退職金を渡してあげたい、というのが当面のフィリーネの目標だ。

「……うーん。何かお金がぱーっと稼げる方法はないかしら？」

そう呟いた時、正門の方からベンが走ってくるのが見えた。

「お嬢様ぁ！」

「あら、ベン。どうしたの？」

いつもはおっとりしているベンの慌てように、フィリーネは眉をひそめる。馬車を止めて待っていると、近くに来たベンが興奮した様子で言った。

「コール様がいらしてますよ、お嬢様！　すぐに応接室の方へいらしてください！」

「メルヴィンおじ様が……？」

メルヴィン・コール伯爵はフィリーネの父の幼馴染《おさななじみ》だ。キルシュ侯爵家が零落《れいらく》して田舎の領地に引っ込んだあとも交流が続いている、数少ない貴族のうちの一人でもある。

「まぁ、メルヴィンおじ様がここに来るなんて何年ぶりかしら」

何しろ彼は、このグリーグバルトの宰相を務めているのだ。以前はお土産を手に時々訪ねてきてくれたが、宰相になってからは忙しいようで、久しく訪れていない。

「前にいらしてからもう五年になりますよ、お嬢様」

ベンはさらりと答える。年をとっても記憶力のよさは健在だ。

「もうそんなになるのね」

フィリーネが頷きながらしみじみと呟くと、ベンは何かを思い出したようにハッとしたあと、馬車の方へ身を乗り出した。

「そんなことより、コール様がお嬢様にいい話があると！」

「いい話？」

なんのことだか分からずキョトンとしたフィリーネだが、その意味を悟って目を丸くする。

妙齢の自分に持ってこられた「いい話」とくれば、縁談しかないだろう。

どうりでベンがこんなに興奮しているわけだ。彼は常日頃からフィリーネの結婚について心配していたのだから。

「コール様のご紹介なら、きっととてもいいお相手に違いありません。もう、お嬢様がお金の心配をする必要もなくなるでしょう。もともとお嬢様は器量よしなのです。キルシュ侯爵家が貧窮《ひんきゅう》しているとはいえ、社交界に出れば引く手あまただったはずですよ」

「……家が貧窮しているというのは由々しき問題よ、ベン」

十九歳といえば、この国では結婚適齢期真っ只中だ。それに貴族の令嬢なのだから、縁談の一つや二つあってもおかしくない。けれど、家が持参金も用意できないほど貧乏で、社交界デビューすら果たしていないフィリーネに縁談は皆無《かいむ》だった。

フィリーネ自身も結婚は諦めている。それに、家の経済状況のことばかり心配していて、自分の将来のことなど考えられないのが実情だ。だからこそベンも心配しているのだが……

「とにかく話を聞いてみるわ。応接室ね」

フィリーネは馬車を降りながら尋ねた。馬の手綱をフィリーネから受け取りつつ、ベンは頷く。

「はい。旦那様と奥様も、応接室でお嬢様の帰りを待っております」

「じゃあベン、この林檎《りんご》を貯蔵庫に運んでおいて。話を聞いたらすぐ手伝いに行くから」

その言葉を聞いたベンは、皺《しわ》だらけの顔に笑みを浮かべた。

「これしきのこと、私一人でも平気ですよ。それより皆さんお待ちですから、お急ぎください」

「分かったわ」

フィリーネはスカートを翻《ひるがえ》し、貴族女性とはとても思えない軽い足どりで応接室へ向かった。


「おお、フィリーネか。すっかり綺麗なお嬢さんになったね」

応接室に入ったフィリーネを迎えてくれたのは、ふっくらした顔に人のよさそうな笑みを浮かべるメルヴィン・コール宰相だった。

「いらっしゃいませ、メルヴィンおじ様」

つられて笑みを返しながらフィリーネは挨拶《あいさつ》をする。

「小さかったフィリーネがこんなに大きくなるなんて、私たちも年を取るはずだな、アイザック」

コール宰相はフィリーネの父親であるアイザック・キルシュ侯爵に視線を向けた。キルシュ侯爵は、微笑しながら頷く。

「そうだな」

「あら、おじ様は最後に会った時から、ちっとも変わってらっしゃらないわ」

母親の隣に腰を下ろしつつ、フィリーネはコール宰相に告げた。

痩せ型の父の倍はあると思われる、恰幅《かっぷく》のよい身体。丸っこい目をした姿は、なんとなく狸《たぬき》を思わせる。そんな彼を一目見ただけで、「グリーグバルトにこの人あり」と言われるほど有能な宰相だと思う人はいないだろう。

「で、メルヴィン。忙しい君がわざわざこんな辺鄙《へんぴ》な場所までやってくるほどいい話とは、一体なんなんだい？」

キルシュ侯爵が身を乗り出して尋ねる。フィリーネはおや？　と眉を上げた。メルヴィンが持ってきた「いい話」がなんであるかは、両親もまだ知らないらしい。

フィリーネの考えていることが分かったのか、母親のキルシュ侯爵夫人が困ったような笑みを浮かべて囁《ささや》く。

「メルヴィン様が、あなたに直接話したいと仰《おっしゃ》ってね」

「私に直接……？」

それはおかしい。貴族令嬢の縁談となれば、まず親に話を通すのが一般的だ。いくら没落していようが、平民同然の生活を送っていようが、キルシュ家は一応貴族社会に名を連《つら》ねている。

——なのに、私に直接話したいだなんて……

これはどう考えても縁談ではなさそうだ。もしかしたら、フィリーネにいい働き口でも見つけてきてくれたのかもしれない。

……結果として、このフィリーネの考えは間違っていたが、ある意味正解だったとも言える。

コール宰相はフィリーネをじっと見つめ、背筋を伸ばしてこう切り出した。

「そのことなんだが、フィリーネ。王太子妃になってはくれまいか？」

「――――は？」

フィリーネの口がポカンと開いた。


竜王の国、神に愛された国とも呼ばれるグリーグバルト。大陸有数の大国であるこの地を治めているのは、竜王の末裔《まつえい》と言われる王族だ。

現国王夫妻の間には一人の男子がいる。今年二十四歳になる王太子のジェスライールだ。

彼が若い頃の国王によく似た美男子で、女性たちの憧れの的だということは、辺境の地に住むフィリーネですら知っている。彼が誰を伴侶《はんりょ》に選ぶのか、国中の人々が固唾《かたず》を呑んで見守っていることも。

「フィリーネがジェスライール王子の妃に？」

キルシュ侯爵夫妻もフィリーネの隣であんぐりと口を開けている。三人の驚きを他所《よそ》に、コール宰相はにこにこと笑いながら何度も頷いた。

「ああ、実に名誉なことだろう。なあに、曲がりなりにも侯爵令嬢だ。王族に嫁《か》してもなんの問題もない」

「……ちょっと待ってください、メルヴィンおじ様！」

ようやく声を出せるようになったフィリーネは、慌てて口を挟んだ。

確かに侯爵家といえば、公爵家に次いで高い地位になる。ここが普通の国なら、侯爵令嬢が王太子妃に選ばれたとしてもなんの問題もないだろう。

けれど、ここグリーグバルトに限っては違うのだ。

「ジェスライール殿下の番《つがい》は？　番はどうしたんです？　王族の妃には、番がなるのが習わしでしょう？」

そう、グリーグバルトの王族は人であって人ではない。かつてこの世界の生物の頂点に立っていた竜族。その血を継ぐ、半竜半人なのだ。今やその血は薄れ、竜の姿を取ることはできないものの、常人が持ち得ない強大な「力」を持っているという。

それだけでなく、王族は竜族特有の性質も継いでいた。その最たる例が、番と呼ばれるたった一人の異性を伴侶に選ぶことだった。

番に選ばれる相手は貴族も平民も関係ない。現に今の国王の番である王妃は、外交官の娘で下位の貴族出身だ。

王族はひとたび番を選べばその相手だけを愛し、他の異性には見向きもしないらしい。そのため、番は自動的に結婚相手として迎えられるのが習わしだった。

キルシュ侯爵夫人が、ぱぁっと顔を輝かせる。

「もしや、フィリーネが王太子殿下の番《つがい》なの？」

王族の番に選ばれ、一途《いちず》に愛されることは、グリーグバルトの女性なら誰もが夢見るシチュエーションだ。自分の娘が王太子の番に選ばれたのだと考え、夫人が興奮するのも無理はない。

けれど、コール宰相は首を横に振った。

「いや、違う。番に選ばれたわけじゃないんだ」

でしょうね、とフィリーネは内心呟く。社交界デビューどころか、一度も王都に行ったことがないフィリーネは、当然王太子とも面識がない。そんな彼女が番に選ばれるわけがないのだ。

「では、なぜフィリーネを王太子妃に？」

キルシュ侯爵が不思議そうに首を傾げる。コール宰相は扉の方をちらりと見て、人の気配がないのを確認すると、声を潜《ひそ》めて告げた。

「これは本来なら国家秘密なんだ。だからこれから私が話すことは、他の誰にも言わないでほしい。もちろんベンたちにもな」

「……何か重大な事情があるんだな。分かった。誰にも言わないと誓おう」

神妙な顔でキルシュ侯爵が頷き、夫人もそれに倣《なら》う。最後にフィリーネが頷くのを見て取ると、コール宰相は重々しく口を開いた。

「実は王太子……ジェスライール殿下には呪いがかけられていて、番を選ぶことができんのだ」

「……番を選ぶことができなくなる呪い？」

フィリーネは目を大きく見開いた。

「正確に言えば、番が誰だか分からなくなる呪いだ。そのため、殿下は番を選ぶことができない」

「では、殿下が二十四歳になっても未だ番を選ばないのは、その人とまだ出会ってないからではなくて……」

「会っても分からないので、選びようがないだけだ」

「……なんということだ。確かにそれは一大事だな」

キルシュ侯爵が眉を寄せて呟く。直後、彼はふと何かに気づいたように顔を上げた。

「王族に呪いをかけることができるとは、相手は一体何者だ？　まさかグローヴ国の者かい？」

グローヴ国というのはグリーグバルトの隣国だ。半島であるこの国と「沈黙の森」を挟んで唯一国境を接している。だが、グリーグバルトの豊かな領土を狙い、幾度も侵攻されかけた歴史があり、お世辞にも良好な関係とは言えない。

「いや、確かにグローヴ国は色々ときな臭いが、殿下の呪いに関しては違う。ジェスライール殿下に呪いをかけたのは、『沈黙の森の魔女』だ」

「魔女が？」

予想もしなかった言葉に、フィリーネたちは戸惑う。

「沈黙の森」には魔女がいて、森に入った人間を惑わすというのは、お伽噺《とぎばなし》のように広く伝わっている。だが、魔女に呪われたなどという話は聞いたことがなかった。そもそも魔女の姿を直接見た者はおらず、存在を信じない人も多い。

「本当に『沈黙の森の魔女』なのかい？」

「ああ。殿下は十二歳の時に沈黙の森で魔女と顔を合わせ、その時に呪いをかけられた。その呪いは強力で、十二年経った今も解けないままだ」

コール宰相は深いため息をつく。

「けれど、殿下には『番《つがい》』が必要だ。いや、このグリーグバルト国にとって必要なのだ。そこで、フィリーネに白羽の矢が立った。表向きは番に選ばれたということにして、さっそく宮殿に……」

「待って！　待ってください、メルヴィンおじ様！」

フィリーネは慌ててコール宰相の言葉を遮《さえぎ》った。

「つまり、おじ様は私に全国民を騙《だま》して、偽物の番になれと言ってるのね？」

「かいつまんで言うと、そういうことだ」

大きく頷くコール宰相に、フィリーネは胡乱《うろん》な目を向ける。

王太子が番を見いだせないというのは確かに大問題だ。けれど、だからといって偽物の番を王太子妃に据えるとは、いささか乱暴すぎやしないだろうか？

しかも、偽物の番に選ばれたのが自分となれば、笑うに笑えない。

「国民に正直に説明した方がいいんじゃないの？　ジェスライール殿下の事情を」

そう言いながらもフィリーネには分かっていた。国民に向かって王太子が呪われていると発表するのは難しいだろうと。

国王の子どもはジェスライール王子ただ一人で、代わりはいない。将来の国王が呪われているなどと知られたら混乱は必至だ。

当然、コール宰相は首を横に振った。

「そんなことはできない。殿下の事情を国民に知らせたら、国が傾きかねんからな」

「まさか。そんな大げさな……」

思わず口にしたフィリーネを、コール宰相はじろりと睨《にら》んだ。

「この国にとって王族の番がどれだけ重要かを、フィリーネは理解できていないようだな。いいかい、フィリーネ。この国が豊かなのも、竜の血を継ぐ王族がいるからなのだ。それくらいは習っているだろう?」

「そりゃあ、知っているけれど……」

かつて、ここは何も生み出さない不毛な大地だったという。だが竜王が人間の娘を番に選び、この地に国を興《おこ》した。自然を操る竜王の力によって大地は潤《うるお》い、豊かな国土となったらしい。

竜王が亡くなり数千年の時を経た今も、この国は災害に見舞われることなく、恵み豊かな地であり続けている。それは、竜王の力を継ぐ王族がいるからこそ……というのは小さな子どもでも知っていた。

けれど正直に言って、フィリーネは真実だと思っていない。王族の求心力を失わないための方便だと考えていたのだ。……王族至上主義なコール宰相の前ではとても口にできないが。

「そして王族が竜の力を維持できているのは、次代を生み出す『番』のおかげだ。ジェスライール殿下の問題は、わが国の存続に関わる。特にグローヴ国の動きが活発になってきている今はな」

そのコール宰相の言葉に、キルシュ侯爵がハッと顔を上げた。

「グローヴ国が戦争の準備をしているという噂は本当なのか？」

「え？」

初耳だったフィリーネは驚いて父親の顔を見る。その視線を受けて、キルシュ侯爵が困ったように微笑んだ。

「流れの商人がそんなことを言っていたと、村人が報告してくれたんだよ。まさかと思って、本気にしてはいなかったんだが……」

「グローヴ国の噂はもう、ここにまで届いているのか」

コール宰相は顔をしかめたあと、重々しく頷いた。

「噂は本当だ。やつらはまたこの国に侵攻しようと、戦争の準備を始めておる」

「なんてことだ。ここしばらくの間は平和だったのに……」

グローヴ国が前回戦争を仕掛けてきたのは、もう二十六年も前のことだ。その時は陸と海から同時に攻めてきたのだが、陸からの軍勢は「沈黙の森」を越えることができず、また海からの軍勢もグリーグバルトには到達できなかった。当時はまだ王太子だったジークフリード国王が自ら海軍を率い、グローヴ国の船団を殲滅《せんめつ》させたのだ。

「なあに、今度も殿下たちのお力があれば、グローヴ国など恐るるに足りん」

胸を張って言うコール宰相だったが、不意に肩を落とした。

「……と言いたいところだが、今回は不安要素がある。ジェスライール殿下が呪いのせいで番《つがい》を見いだせないことを、なぜかグローヴ国は知っておるのだ」

「なんですって？」

フィリーネたちは息を呑んだ。

「殿下の呪いのことはごくわずかな人間にしか知らされておらず、極秘とされている。現にグリーグバルトの国民に漏れた形跡はない。けれど、つい最近グローヴ国に放っていた密偵から、驚くべき報告があったのだ。なぜかグローヴ国の王や重鎮が殿下の呪いのことを知っていて、これを侵攻の好機と見ているとな」

「誰かが秘密を暴露した……ってこと？」

フィリーネが恐る恐る尋ねると、コール宰相は首を横に振った。

「分からない。グローヴ国も我が国に密偵を放っているだろうから、そういった者たちが探り当てたのかもしれない。なんにせよ、戦争が始まればやつらはその事実を流布《るふ》し、国民を動揺させようとするだろう」

「でも……たとえ国民を動揺させたって、簡単に侵攻できるとは思えないわ。だってグローヴ国との間には森があるもの。あそこは越えられないでしょう？」

この国は大陸から南に突き出た半島である。そして国の北側には、「沈黙の森」がまるで蓋《ふた》をするかのように横たわっていた。陸から攻めるなら森を通らなければならないが、今まで他国の軍隊が森を越えられたことはない。森はずっとこの国を敵の侵攻から守ってきたのだ。

国民が森を恐れる一方で敬《うやま》ってもいるのはそのためだ。けれど、人々の森に対する畏怖《いふ》の感情が、ジェスライール王子にとって不利になるかもしれないとコール宰相は言う。

「その『沈黙の森』の魔女に殿下は呪われているのだ。グローヴ国の軍隊が魔女を味方につけ、今度こそ森を越えて侵攻してくるかもしれない——国民がそんな不安を抱けば、足並みは崩れるだろう」

少なくとも、王族の求心力が低下するのは必至だ。

「だからこそ、殿下の番《つがい》が今すぐ必要なのだ。殿下が番を見つけて娶《めと》り、この国にはなんの不安要素もないことを内外に示さねばならない」

なるほど、とフィリーネは納得する。どうりでコール宰相が慌てて偽物の番を王太子妃にしようとしているわけだ。殿下が番を見つけたと示せばグローヴ国の動きを封じられるだけでなく、国民の不安を払拭《ふっしょく》することもできる。

番に目に見える印はなく、誰が番なのかを知ることができるのはジェスライール王子だけだ。裏を返せば、彼が番だと認めれば、誰も異を唱えることはできない。

「分かったわ。ジェスライール殿下に『かりそめの番』が必要なことは」

フィリーネはうんうんと頷いたあと、コール宰相の顔を探るように見つめた。

「分からないのは、なぜ私が選ばれたのかということよ。おじ様もご存知の通り、うちは没落寸前で貴族と言っても名ばかりだわ。もっと適任の令嬢が他にいくらでもいるでしょうに」

フィリーネが目の覚めるような美人ならともかく、あいにく少々見られる程度の容姿でしかない。並みいる令嬢たちを押しのけて自分が選ばれる理由が思いつかなかった。

「確かに貴族令嬢は他にもたくさんいる。だがな、めぼしい令嬢は殿下とすでに顔を合わせているんだ。今さら殿下の番とするには少々不都合でな……」

コール宰相が深いため息をつく。

竜族は相手を一目見れば番かどうか分かるのだという。初めて会った時点で何も言わなかったのに、今になって番だと言い出すのは確かにおかしい。

ジェスライール王子が二十歳を過ぎても番を見いだせないことで、呪いのことを知らない重臣たちは焦り、事あるごとに大勢の令嬢を城に招いていたらしい。そのことが裏目に出ているのだという。

「彼らは舞踏会や茶会、若い令嬢たちの社交界デビューの場にまで殿下を引っ張り出して、顔を合わせる機会を設けていた。呪いのことは極秘だから反対するわけにもいかなくてなぁ。おかげで殿下に目通りしていない娘を見つけるのが大変で……」

コール宰相はしみじみと呟いた。ジェスライール王子と顔を合わせていない令嬢をなんとか探し出そうと、苦労してきたことが分かる。

ところが突然グッと拳《こぶし》を握ると、コール宰相はフィリーネを意味ありげに見つめた。フィリーネはうっと身を引く。

「だが、私は思い出したんだ。まだ殿下に顔を合わせていない高位の貴族令嬢がいることを！　フィリーネ、君のことだよ！」

「こんな時だけ思い出さなくていいです！」

「国の存亡がかかっておるのだ！　ほれ、この通り！　殿下の番として王太子妃になってくれ！」

ソファから滑《すべ》り落ちるようにして跪《ひざまず》くと、コール宰相はいきなり土下座をした。これにはフィリーネはおろか両親までもが仰天《ぎょうてん》する。

「やめてよ、おじ様！」

「お、おい、メルヴィン」

「メルヴィン様……」

「頼む、フィリーネ。私やこの国を助けると思って、引き受けてくれ！」

地面に頭を擦《こす》りつけてコール宰相は訴える。

「ちょ、ちょっと、ちょっと！」

これはあまりに卑怯な頼み方ではないかとフィリーネは思った。

「頭を上げてよ、おじ様！　情に訴えるやり方は酷《ひど》いと思うんですけど！　だいたい、殿下と会ったことがない人は私の他にもたくさんいるはずです」

王族の番《つがい》は身分を問われない。つまり貴族でなくたって構わないのだ。平民の中になら、ジェスライール王子と顔を合わせたことがない娘は山ほどいるだろう。

「王都に美人で働き者だと評判の娘はいないんですか？　そういう娘を殿下が見初《みそ》めたことにすれば、こんな田舎の没落貴族を番にするよりよっぽど説得力が……」

「もちろん本物の番なら平民でも構わないが、かりそめの番となるとそうはいかんのだ。万が一偽物だと知られようものなら、その娘の命が危うい」

もし本物の番でないとバレても、侯爵令嬢という身分がフィリーネを守ってくれる。貴族に危害を加えれば重い罪に問われるからだ。コール宰相はそう言いたいらしい。

「それにキルシュ侯爵家には、かつて王族が降嫁《こうか》なさっている。フィリーネが王族の血を継いでいることも重要なんだ」

そこでキルシュ侯爵が異議を唱える。

「でもね、メルヴィン。時の王女殿下が我が家に嫁いできたのは、もう四百年も五百年も前のことだよ？　王族の血なんかとっくに薄れて……」

「それがそうでもないんだ」

コール宰相が、がばっと上半身を起こした。

「知っての通り、竜王陛下は金色の鱗《うろこ》を持っていて、人の姿の時も髪と瞳は金色だったそうだ。その名残で、王族はほぼ例外なく金色の髪か瞳を持って生まれる。そしてフィリーネの琥珀色《こはくいろ》の瞳、これも王族の血を引く者には稀《まれ》に表れる特徴らしい。いわゆる先祖返りだな。さらにフィリーネには『力』があるとジェスライール殿下は仰《おっしゃ》っている。そのこともあって、フィリーネが王太子妃に適役だと――」

「待って、おじ様。誰が仰っているですって？」

この琥珀色の目が先祖返りだの、自分には力があるだのと、色々気になることを言われた。だが、一番気になったのはそのことだった。

「ジェスライール殿下だよ、もちろん」

「は？　なんで殿下がそんなことを知っているの？　会ったこともないのに」

「ああ、候補に挙がった女性たちを、ジェスライール殿下はわざわざ確認しに行かれたそうだ。そしてフィリーネを見た時、微《かす》かな魔力があるのを感じたらしく、それが決め手となった。フィリーネを王太子妃に迎えたいと、ジェスライール殿下が自ら選んでくださったのだぞ？　名誉なことじゃないか」

「殿下は、いつ私を確認したというの？」

知らぬ間にこそこそ見られて値踏みされていたのだから、フィリーネとしてはいい気分はしない。

コール宰相は床に座り込んだまま首を傾げる。

「さぁ？　殿下は不思議な力をお持ちだからだな。気になるなら直接殿下に尋ねればいい。フィリーネにならお答えくださるだろう」

「……王太子妃になることを承知してはいないんですけど」

「フィリーネにとっても悪くない話だぞ？　このまま田舎に引っ込んでいても、嫁のもらい手はない」

「それは……」

痛いところを突かれてフィリーネはぐっと詰まった。それを見たコール宰相の顔に狡猾《こうかつ》そうな笑みが浮かぶ。

「もし王太子妃になることを承知してくれるのなら、悪いようにはしない。何よりキルシュ侯爵家は王太子妃の実家になるのだから、国から充分な資金援助を受けられるぞ」

「資金援助……？」

「うむ。毎月五百万ルビーでどうだ？」

キラリと目を光らせながら、コール宰相は具体的な数字を挙げた。

「毎月五百万ルビー⁉」

フィリーネは思わず声をあげた。ルビーというのは、この国で一番高額な通貨だ。五百万ルビーともなれば、キルシュ侯爵家の年収に相当する。

毎月五百万ルビーが入るのならば、家の修繕もできるし、ベンたちに給料を支払っても余裕で余る。失って久しい土地も買い戻せるかもしれない。

フィリーネはごくりと喉を鳴らした。

――私が王太子妃になるのを承知すれば、もうお金の心配はなくなる……

フィリーネの心がぐらぐらと揺れていることに気づいたコール宰相は、さらに畳みかける。

「心配いらない。王太子妃と言ってもお飾りの妃でいいんだ。今の王妃陛下は精力的に政務をこなされているが、フィリーネ自身が望まなければそれに倣《なら》う必要はない。それに――」

コール宰相の口元に笑みが浮かぶ。フィリーネを生まれた時から知っているので、彼女の心を動かす術《すべ》を充分心得ていた。

「国王陛下によれば、殿下の呪いを解く方法がないわけではないそうだ。殿下の呪いが解けて本物の番《つがい》が見つかれば、フィリーネが王太子妃でい続ける必要はない」

「……つまり、期間限定の王太子妃だというわけね？」

フィリーネの呟きに、コール宰相はしたり顔で頷いた。

「そうとも。単に宮殿に雇われただけと思ってくれればいいんだ」

単に宮殿に雇われただけ。その言葉は妙にフィリーネの心に響いた。

確かに、王太子妃になる代わりに資金援助を受けられるのだから、お金で雇われたとも言える。

それにジェスライール王子の呪いが解けて真の番《つがい》が見つかれば、フィリーネの役目は終わるのだ。

「フィリーネ……」

両親が心配そうに見ていることに気づかず、フィリーネは胸算用をする。コール宰相の術中にまんまと嵌《はま》っていることも知らずに。

しばし考え込んだあと、フィリーネは顔を上げた。

「分かったわ。王太子妃になります。その代わり資金援助の件、忘れないでね、おじ様」


「じゃあ、十日後に迎えが来るからな」

フィリーネの返事を聞くやいなや、そう言い残してコール宰相は帰っていく。

彼を乗せた馬車と護衛の兵士たちを玄関先で見送りながら、フィリーネはふと思った。

——ジェスライール殿下は、どうして「沈黙の森の魔女」に呪われたのかしら？

コール宰相が言ったのは魔女に呪われたという事実だけ。原因については一切言及しなかった。

——まぁ、次に会った時でいいか。

そうのんきに考えるフィリーネは、コール宰相がいくつもの重要な事実をわざと隠したことにまだ気づいていなかった。彼がそそくさと帰ったのは、それについて質問されたくなかったからだということにも。

馬車の姿が見えなくなると、両親が心配そうに声をかけてきた。

「フィリーネ。私たちのことなら気にしなくていいんだぞ？　いっそ貴族をやめて農夫になっても構わんし」

「そうよ。王太子妃になるのはとても大変なことだわ。私たちのためにあなたが重い責任を背負う必要はないのよ」

今ならまだ間に合うと口をそろえるキルシュ侯爵夫妻に、フィリーネは微笑んだ。

「大丈夫よ。王太子妃になるって言ってもお飾りでいいんだもの。殿下に真の番が現れるまでのことだしね。……それに」

言うべきかどうか迷いながらも、結局フィリーネは口にした。

「おじ様はあんなふうに土下座までしてくれたけど、本来ならこれは断れない話なのでしょう？違う？」

「それは……」

キルシュ侯爵は言いよどんだ。

コール宰相は土下座して頼み込み、破格の条件まで示してくれたが、そこまでする必要はなかった。彼はたったひとこと口にするだけでよかったのだ。――これは王命だと。

そう言われてしまえばフィリーネたちに逆らうことはできなかっただろう。コール宰相が王命だと言わなかったのは、キルシュ侯爵家への気遣いに他ならない。

「おじ様がそこまで配慮してくれたんだから、今さら嫌だなんて言えないわ。それに、私はキルシュ家だけじゃなくて、ここが好きなの。土地や領民がね。私が王太子妃になることで、みんなの暮らしが楽になるなら、こんなに嬉しいことはないわ」

侯爵家にお金がないばかりに、領民たちにも不便な生活をさせているという現実を、フィリーネは知っていた。

川が増水して橋が流されても、その建て直しすらままならないのだ。領民たちが木を切り出し、粗末な橋をつくって急場を凌《しの》いでいるが、また洪水が起これればすぐに流されてしまう。

お金。お金さえあれば……。フィリーネはずっとそう思っていた。

喉から手がでるほど欲しいお金《もの》が、王太子妃になれば手に入る。どうして引き受けずにいられるだろうか。

「王都ではおじ様が色々助けてくれるはずだし、お飾りの王太子妃としてのんびり過ごすつもりよ。生まれてこの方贅沢《ぜいたく》なんてしたことがないから、楽しみだわ」

フィリーネはいつも以上に明るく笑った。

もちろん、偽りの番《つがい》を演じなければならないのだから、そう気楽にはいかないだろう。でも、どんなに辛い目に遭ったとしても、キルシュ家と領地のことを思えば耐えられる。

「だから、私のことは心配しないで」

「フィリーネ……」

笑顔と言葉の裏に隠されたフィリーネの不安。それを分かっているのか、両親の表情が晴れることはなかった。

＊＊＊

『十日後に迎えが来る』

その言葉通りにきっちり十日後、キルシュ侯爵邸の玄関先には王家の紋章が入った四頭引きの馬車と、馬に乗った護衛の兵士たちが並んでいた。

持っている服の中で一番上等なシュミーズドレスを着込み、私室の窓から外を眺めていたフィリーネは、予想以上に大げさな迎えに顔をしかめる。

――てっきり密かなお迎えだと思っていたのに。

これでは王族に縁《ゆかり》のある重要人物が乗っていると、大声で主張しているようなものだ。

確かに「番」は重要だが、これほど大々的にする必要はあるのだろうか？

そう思っていたフィリーネだが、馬車の中から現れた人物を見てハッとした。

扉から出てきたのは、軍服らしき服を身に纏《まと》った青年だ。明るい金色の髪が日に照らされてキラキラと輝いている。

――まさか⁉

三階の窓からでは顔がよく見えない。けれど、王家の馬車から堂々と出てきた様子といい、伝え聞いていた容姿と一致する点といい、どう考えても「あの方」としか思えなかった。

――どうしよう。お父様からは、呼ばれるまで部屋で待機していろと言われたけれど……

フィリーネはそわそわと部屋の中を歩き回る。思いもかけない事態になり、故郷を離れることへの寂寥感《せきりょうかん》は一気に吹き飛んでいた。

しばらくするとヘザーが慌てた様子で部屋に飛び込んできた。

「た、大変です、お嬢様！　殿下が！　ジェスライール殿下が来ておられます！」

――やっぱり……！

王家の紋章が入った馬車で来るのも、大勢の兵士を引き連れているのも当然だ。王太子本人が迎えに来たのだから。

「すぐに行くわ」

「お嬢様が来るのを待ちきれず、自ら迎えに来られたそうですよ。愛されていますね、お嬢様」

ヘザーは嬉しそうに顔をほころばせる。彼らが知っているのは、フィリーネがジェスライール王子の「番《つがい》」に選ばれたということだけだ。

『なんという幸運でしょう！　お嬢様がいなくなるのは寂しいですが、このままお嫁にも行かず田舎でひっそり暮らされるのかと心配しておりましたので、喜ばしいことです』

何も知らない二人はフィリーネに降って湧いた幸運（と彼らは思っている）を喜んでくれた。彼らを騙《だま》すのは心苦しいが、真実を告げることはできない。

フィリーネはヘザーの皺《しわ》だらけの手を取って言った。

「下では話す余裕がないかもしれないから、ここで言っておくわ。ヘザー、お父様たちのことをお願いね」

「お嬢様……。はい、旦那様たちのことはご心配なさらず。おかげさまで使用人も増えましたし、家のことは私たちがしっかり守りますから」

ヘザーは目を潤《うる》ませてフィリーネの手を握り返す。

コール宰相がやってきた日の三日後、キルシュ侯爵家には支度金としてかなりの大金と、宰相が手配した使用人たちが届けられた。それだけでなく、家の修理工まで大勢派遣されてきたのだ。

彼らの素晴らしい働きにより、荒れ放題だった屋敷は見違えるように綺麗になり、往年の姿を取り戻している。

ありがたいことだが、そんなコール宰相の気配りもフィリーネを逃がさないためだと分かっているだけに、どうにも追い込まれている感じがして仕方なかった。それは両親も同じだろう。

でも言い換えると、王宮はそれだけ「番」を必要としているということでもある。だからフィリーネが「かりそめの番」の役目を果たしてさえいれば、コール宰相は約束を守ってくれるはずだ。

――だから、大丈夫。

そう自分に言い聞かせながら、ヘザーと一緒に玄関ホールに下りる。そしてフィリーネは、ホールの一角を占める華やかな集団に目を奪われた。

華やかというより壮麗と言った方がいいかもしれない。剣を腰に差し、一糸《いっし》乱れぬ様子で立ち並ぶ上級兵士たち。その中心にいるのは、青の軍服を身に纏《まと》ったジェスライール王子だ。

すらりと背が高く、一見細身だが、その立ち姿は周囲の兵士たちに少しも見劣りしていない。それどころか、ただ立っているだけで品格と威厳が伝わってくる。

その姿に圧倒されて、フィリーネは声も出せなかった。階段を下りきったところで足も止まってしまう。本当だったらジェスライール王子に自分から声をかけて、淑女《しゅくじょ》の礼を取らなければならないのに。

立ち尽くしたままのフィリーネに気づき、ジェスライール王子が微笑みを浮かべて歩み寄ってきた。

「フィリーネ」

やや長めの金髪に、明るい水色の瞳。若い頃のジークフリード国王とよく似た端整な顔の持ち主で、元帥《げんすい》として軍の頂点に立っている。だが気質はいたって穏やかで、老若男女から広く支持されている――というのが、フィリーネの知っているジェスライール王子の情報だ。

それに、少年の頃の絵姿を見たこともある。王族に心酔しているコール宰相――当時はまだ宰相ではなかったが――が、王族一家が描かれた絵を贈ってくれたからだ。それは田舎にいて王族の姿を知る機会がないフィリーネのためだった。

けれど、どうやらあの絵はジェスライールの煌《きら》びやかさや美しさを描ききれていなかったようだ。すっと通った鼻筋も、長いまつ毛も、色気すら感じられる口元も、あの絵にはないものだった。

――これなら、貴族女性たちが騒ぐのも無理はないわね。

徐々に近づいてくる美貌に目を見張りながら、フィリーネはそんなことを考えていた。

「フィリーネ。僕の『番《つがい》』」

目の前に立ったジェスライールは、水色の目に甘い光を浮かべてフィリーネの手を取る。

「え？」

「君を迎えられるこの時を待っていたよ」

やや掠れた声で優しく囁《ささや》かれ、フィリーネは混乱した。

——い、一体何が起こっているの？

けれど、彼の口元に浮かんだいたずらっぽい笑みに気づいて納得する。

——ああ、そうか。これはお芝居なんだ。

玄関ホールには兵士たちだけでなく、キルシュ侯爵夫妻や使用人たちも集まっていた。この中で真実を知っているのはフィリーネと侯爵夫妻、それにジェスライールを含めてもわずか数人だけだろう。

つまり大部分の人間にとって、フィリーネはジェスライールが待ち望んでいた「番」なのだ。ジェスライールはただ周囲の人々が期待する姿を演じているだけに過ぎない。

それならフィリーネも同じように振る舞うだけだ。なぜならジェスライールと自分はある意味、運命共同体なのだから。

「お迎えありがとうございます、殿下。私が『番』だなんてまだ信じられませんが、どうか末永くよろしくお願いいたします」

「君は紛《まぎ》れもなく僕の運命の伴侶《はんりょ》だ。こうして出会えたことを神に感謝しよう」

番を見いだすことができない王族と、その「かりそめの番」。これから自分たちは、こんなふう

に周囲の人々を騙《だま》していかなければならないのだ。

「フィリーネ……」

キルシュ侯爵夫妻がおずおずと近づいてくる。それに気づいたフィリーネは、ジェスライールの手を放して両親に向き直った。

「お父様、お母様、行ってきます」

フィリーネが微笑むと、両親は悲痛な顔をした。

「気をつけてね。私たちのことは気にしなくていいから」

「そうだぞ。領地や領民も大事だけれど、フィリーネ以上に大切なものなんかないんだからな」

「お父様、お母様……」

フィリーネの目に涙が浮かぶ。自分で決めたこととはいえ、二人の傍《そば》を離れるのはとても辛かった。

「心配なさらないでください。キルシュ侯爵、それに侯爵夫人」

その声と共に、不意に肩に手を置かれた。フィリーネは驚く間もなく、ジェスライールの胸に抱き寄せられる。その瞬間、馴染《なじ》みのある匂いがふわりと鼻を通り抜けた。

――水の匂い？

フィリーネは不思議に思ったが、次のジェスライールの言葉に気を取られ、匂いのことはすぐに忘れてしまう。

「彼女は僕が必ず守ります。……どんなことからも」

その声は低く、真摯《しんし》な響きを帯びていた。だが、言葉の本当の意味に気づいた人間はどれほどいるだろうか。

キルシュ侯爵夫妻はもちろん気づいていた。そしてフィリーネも。

「どうか、くれぐれも娘を頼みます、ジェスライール殿下」

深々と頭を下げるキルシュ侯爵夫妻。ジェスライールはフィリーネを胸に抱いたまま力強く頷いた。

「行ってらっしゃい、お嬢様！」

「お元気で！　殿下、お嬢様をお頼み申し上げます！」

駆けつけた領民たちが見守る中、フィリーネはジェスライールに手を引かれて馬車へ向かう。

途中で何度も足を止め、集まった領民や両親たちを、そして見違えるように立派になった屋敷を振り返った。ジェスライールは嫌な顔一つせず、そんなフィリーネに付き合う。

覚悟はしていたけれど、生まれてからずっと傍《そば》にあった全てのものと別れるのは、思いのほか寂しくて辛かった。できれば今すぐこの場で前言を撤回し、あの屋敷に逃げ帰りたい。

でも、それはできないと分かっていた。あんなにフィリーネの結婚を喜んでくれる領民たちを前に、どうしてそんなことができようか。

今の自分にできるのは、彼らに不安を悟られないよう笑顔で別れることだけだ。

涙を堪《こら》えて必死に笑顔を作るフィリーネ。そんな彼女をジェスライールは真剣な顔で見下ろした。

「フィリーネ。君の人生を狂わせてしまってすまない。……でも、ご両親の前で言ったことは嘘じゃない。我らが始祖、竜王グリーグバルトの名において、君を守るよ。命に代えても」

「ジェスライール殿下……」

その言葉は不安と悲しみに押しつぶされそうなフィリーネの心に温かく響いた。

――この方となら、きっと上手くやっていける。

「はい。よろしくお願いします」

フィリーネはゆっくりと頷き、本物の笑みを浮かべた。

人々が見守る中、フィリーネとジェスライールを乗せた馬車が、王都へ向けてゆっくりと動き出す。


同じ頃、「沈黙の森」の中心にある小さな湖が、金色の淡い光を発していた。周囲では風もないのに木々の枝がざわめいている。

だがしばらくすると光は消え、森は何事もなかったかのように元の静寂を取り戻した。

第二章　竜の一族

「大丈夫？」

「だ、大丈夫、です……」

心配そうなジェスライールに、フィリーネは笑ってみせた。だが胃の中のものが逆流しそうなのを感じて顔を伏せ、新鮮な空気を吸っては吐く。

そうしている間も馬車はゴトゴトと揺れ続けた。

「水は飲めそう？」

「はい。それ、くらいは……」

彼に手伝ってもらって水を飲んだあと、フィリーネは力なく目を閉じる。今は水くらいしか飲むことができない。それ以外を口にしたとたん吐く自信があった。

この体調不良の原因は乗り物酔いだ。住み慣れた家を離れて三十分もしないうちに気持ち悪くなり、それがずっと続いている。

水分しか取れないフィリーネのために、ジェスライールは手ずからコップを口に運んでくれた。さらには馬に休憩を取らせるたびにフィリーネを抱き上げ、外の空気を吸わせてくれる。

――王太子殿下に世話をさせるなんて……

フィリーネがぐったりしているのは具合が悪いだけでなく、自分の失態にとことん落ち込んでいるからだった。

——馬車の振動で酔うとは、なんて情けないのかしら。

普段は馬車の振動などで酔いはしない。春や秋には自ら荷馬車を操って森に出かけているのだ。

ただし、フィリーネが慣れているのは、自分で手綱を引いて運転することだけ。人が運転する馬車に乗るのは慣れていないので、いつもと違う状況に身体がついていかなかったらしい。

——ああ、最初からこんな失敗をやらかすなんて……

ただただ申し訳なかった。主にジェスライールに対して。

そのジェスライールは、路肩に停めた馬車の外で兵士の一人と話している。

「このままモンテス伯爵領まで行って、今夜はそこで泊まる予定でしたが……いかがしますか？」

「これ以上進むと彼女の身体に障《さわ》る。ジスト、すまないが一足先に街へ行って、宿を取っておいてくれ」

「御意《ぎょい》」

その会話を聞いてフィリーネはさらに落ち込んだ。自分のせいで行程が大幅に遅れ、もともと宿泊予定だった場所までは行けないと判断されたらしい。

馬車に戻ってきたジェスライールに、フィリーネは頭を下げる。

「申し訳ありません、殿下。私のせいで……」

「いいんだ。君が僕らのためにしてくれることに比べたら、たいしたことはない。それより、あと少し我慢してくれ。宿屋に着けば横になれるからね」

「……はい」

ジェスライールの気遣いに目を潤《うる》ませながら、フィリーネは頷いた。

＊＊＊

それから一時間後、まだ明るいうちに馬車は街の高級宿屋に到着した。

ジェスライールはぐったりしているフィリーネを抱き上げ、馬車から運び出す。王家の紋章の入った馬車を興味深げに見ていた人々は、ジェスライールとフィリーネの登場にどよめいた。

王子の姿は広く知られている。その彼が大事そうに抱きかかえているのは「番《つがい》」に違いないと分かったのだろう。驚きの声や歓声があがる中、ジェスライールは気にすることなく堂々と宿に入った。

この宿には大通りに面した正面口とは別に、人目につくことなく出入りできる裏口もある。けれど、ジェスライールたちはあえて目立つ正面に馬車を止めた。人々に王太子が「番」を見つけたのだと示し、噂を広めるためだった。

フィリーネを迎えるにあたって派手な馬車を用意したのもそのためだ。王都までの道中、人々はめったに見ることができない王家の馬車と、王太子と一緒に乗っている女性に興味を抱くことだろう。連れてきた兵士たちには、民から尋ねられたら王太子の「番」だと答えるように命じてある。

王太子がついに「番」を見つけたという噂は、瞬《またた》く間に広まっていくだろう。もしグローヴ国がジェスライールの呪いのことを持ち出しても、もはや誰も信じようとしない。現に「番」は王太子の腕の中にいるのだから。

宿の中に入ると、部下のジストが近づいてきた。

「殿下、フィリーネ様の世話をする女性をよこすよう宿に頼んだのですが、少し遅れるそうです。今日は祭りがあって人手が足りていないとのことで」

「どうりで人が多いと思ったら、祭りがあるのか。そういえば今日だったな、『勝利の日』は」

二十六年前の今日、当時王太子だった国王ジークフリードが、グローヴ国の船団を打ち破った。それを讃《たた》えてこの日に祭りが行われるようになったのだ。

人々はまだ明るいうちから竜王を祭る廟《びょう》へと赴《おもむ》き、花と祈りをささげる。大きな街には近隣の村からも人が集まり、まさにお祭り騒ぎになるのだという。

庶民にはなかなか泊まることのできない高級宿屋も、今日に限ってはほぼ満室になっている。そのため、忙しくて人手が足りないらしい。

「では、それまでフィリーネの世話は僕がする。世話人が来たらすぐ部屋に通してくれ」

ジェスライールは腕の中でぐったりしているフィリーネを見下ろした。血の気を失った顔は見ていて痛々しく、今は一刻も早くベッドに寝かせてあげたい。

あとのことをジストに頼むと、ジェスライールは用意された部屋へ向かった。

この宿で一番値の張る部屋というだけあって、中はとても広く、調度品も壁紙も質のいいものが使われている。けれど生まれた時から最高級品に囲まれているジェスライールは、まるで気にすることなく、大きなベッドにフィリーネを横たえた。

「……ん……」

フィリーネが薄目を開ける。まだ意識が朦朧《もうろう》としているようで、琥珀色《こはくいろ》の目は焦点が合っていなかった。その青白い頬にジェスライールはそっと手を当てる。

「フィリーネ、宿についたよ。手足を伸ばしてゆっくり休むといい」

「水……の、匂い……」

「水？　水が飲みたいんだね？」

ジェスライールはベッド脇に用意されていた水差しを手に取り、水をコップにつぐ。それをフィリーネの口元へ運んだ。ところが、その水を飲もうとしたフィリーネは、力尽きたように枕に頭を戻してしまう。

ジェスライールはフィリーネを抱き起こすと、今度はコップの水を自分の口元へ運ぶ。そして新鮮な水を口に含み、躊躇《ためら》うことなくフィリーネの唇を覆《おお》った。

「……んっ……」

桜色の唇を割って水を飲ませる。その時、流し込む水に「力」を注いだ。フィリーネの喉がこくんと鳴り、ジェスライールが口移しで飲ませた水が下りていく。その水が体内で循環し、フィリーネの青白い頬には徐々に血色が戻ってきた。

長いまつげを震わせ、フィリーネが目を開ける。けれど、その琥珀色の瞳はまだぼんやりとしていた。

「もっと……」

濡れた唇から掠れた声が漏れる。意識がはっきりしていなくても、水のおかげで気分がよくなっていると分かったのだろう。

「もっと、水……欲し……」

ジェスライールは再びコップを手にすると、水を口に含んだ。

「ん……」

フィリーネは唇を開き、口移しで与えられる水を夢中で飲み干していく。シュミーズドレスを押し上げる胸の膨らみが、そのたびに上下に揺れた。

一方、ジェスライールは思いもよらない事態に直面していた。フィリーネの唇の柔らかさに煽られ、ただ水を飲ませるだけだったはずが、いつしかその唇を奪うように貪《むさぼ》っていたのだ。

「んぅ……」

口付けがさらに激しくなりかけたその時、フィリーネが苦しそうなうめき声をあげた。ジェスライールはハッとし、慌てて顔を上げる。

「はぁ……」

ようやく解放されたフィリーネは大きく息を吸い、ゆっくりと吐き出した。その頬は健康そうな血色を取り戻している。

「……ふぁ……」

濡れた唇が満足そうな弧を描く。その口から水が一筋零れて、喉の方まで伝わっているのを見たとたん、ジェスライールは思わず動いていた。

フィリーネの口元に顔を寄せ、零れた水を舌と唇で拭っていく。ただの水なのに、彼女の肌に伝わる雫《しずく》はまるで甘露のようだった。舌に触れる肌も甘く、ジェスライールの頭を痺《しび》れさせる。顎から喉へと唇を滑《すべ》らせながら、夢中で吸い上げた。

「んっ……」

フィリーネがくすぐったそうに身じろぎする。ジェスライールはそれに構わず甘い肌を味わい、とうとうシュミーズドレスの胸元までたどり着いた。

本能に支配されたまま、ドレスの襟に手を伸ばそうとした時、扉をノックする音がした。その音がジェスライールを正気に戻す。

「殿下。フィリーネ様の世話をする女性が到着しました」

ジストの声を聞いたジェスライールは、慌ててフィリーネから手を離す。そして彼女をベッドに横たえると、扉の方へ声をかけた。

「そうか。通してやってくれ」

「はい」

扉が開き、中年の女性が入ってくる。その手にあるのはフィリーネのために用意された着替えだった。

彼女にフィリーネの世話を託して、ジェスライールは部屋を出る。そのまま扉に背中を預け、手で顔を覆《おお》った。

「まいったな……」

「殿下？」

廊下で待機していたジストが不思議そうにジェスライールを見つめる。それを尻目に、ジェスライールは深いため息をついた。

魔女の呪いの影響か、ジェスライールはめったに女性に欲情しない。なのに、激しい飢えを感じてフィリーネの唇を貪《むさぼ》ってしまった。意識が朦朧《もうろう》としていて無防備な女性にすべきことではない。

もしノックの音で中断されなかったら、一体どうなっていたのだろう。

――彼女は僕の「番《つがい》」ではない。ややこしい関係になるつもりなどないのに。

「本当にまいった……」

そう呟くジェスライールの口の中には、フィリーネの肌の甘さがいつまでも残っていた。

＊　＊　＊

――まだ、ぐらぐらする……

キルシュ侯爵領を出発してから三日目の夜、フィリーネはようやく王宮にたどり着き、豪華なベッドでぐったりと横になっていた。

結局、王宮に到着するまでずっと乗り物酔いに悩まされ続けたのだ。

――なんたる失態……もう死にたい。

本当だったら、馬車が王宮に着くのは昼間の予定だった。ところが、フィリーネの体調を慮《おもんぱか》って休憩も多く取ったため、半日ほど遅くなってしまったのだ。そのせいで、予定されていた国王への謁見《えっけん》も明日に延期された。

「大丈夫かい？」

しばらく席を外していたジェスライールが、いつの間にか部屋に戻ってきていた。ベッドで丸くなっているフィリーネの額に、大きくて少し冷たい手が触れる。その時、ふわっと水の匂いがした。

——ま、まただわ。また水の匂いが……

馬車の中でも、ジェスライールからは時々こんなふうに水の匂いがした。

毎朝、井戸に水を汲みにいくフィリーネにとっては、とても馴染《なじ》みのある匂いだ。そのせいか、具合が悪くても不快に思ったことはない。それどころか、その匂いを嗅《か》いだ時だけは気分の悪さが薄らぐのだった。

「水……」

フィリーネが思わず呟くと、ジェスライールは水が飲みたいのだと勘違いしたようで、ベッド脇の小さなテーブルに置いてある水差しを手に取った。

「あ、違うんです」

慌ててフィリーネは首を横に振った。

「水が欲しいのではなくて、その、気のせいかもしれないんですが、殿下から時々水の匂いが……」

「水の匂い？」

ジェスライールは驚いたように目を見開き、それから納得したように頷いた。

「ああ、なるほどね。君は匂いとして感じるわけか」

「殿下?」

フィリーネが怪訝《けげん》な顔で首を傾げると、ジェスライールは楽しげに笑った。

「それは気のせいじゃないと思う。詳しいことは明日まとめて説明するよ。今日はもう遅いし、君も体調がまだ万全ではないからね」

「は、はい……」

「お休み、フィリーネ」

ジェスライールの手が頬に触れると、水の匂いが濃くなった。

その匂いに包まれながら、フィリーネは意識がすっと遠くなるのを感じた。


次の日の朝、フィリーネはすっきりした気分で目を覚ました。体調不良の原因が乗り物酔いだったため、馬車を離れてしまえばあっという間に回復するのだろう。

「改めまして、フィリーネ様。私はフィリーネ様付きの侍女になったリルカと申します」

紺色の侍女服を身につけた女性が、深々と頭を下げる。美人というより可愛らしい容姿をしたその女性には見覚えがあった。

昨夜、ジェスライールに抱きかかえられるようにして部屋に運ばれたあと、彼の指示に従ってフィリーネの着替えを手伝ってくれた女性だ。フィリーネと同じくらいの歳だと思っていたが、実際は少し年上だという。

「兄と私はジェスライール殿下の乳兄妹《ちきょうだい》なんです。恐れ多くも殿下とは本当の兄妹のように育ちました」

リルカの兄は、ジェスライールの側近として働いているらしい。そしてリルカには軍に所属している婚約者がおり、彼もまたジェスライールの部下として傍《そば》に仕えているという。

「ジェスライール殿下がフィリーネ様を迎えるにあたり、私の婚約者ジストはこの翡翠宮《ひすいきゅう》の警備責任者になりました」

フィリーネの部屋がある離宮は翡翠宮といって、代々の王太子が妃と共に住んでいたのだという。王宮の奥に隔離《かくり》されるように建っており、外壁を翡翠《ひすい》で飾られていることから翡翠宮と呼ばれている。

そう説明したあと、リルカはいたずらっぽく笑った。

「なかなかジストに会える機会がなかったので、今回の配属にはとても感謝しているんです。ジストともどもよろしくお願いしますね、フィリーネ様」

どうやらリルカは闊達《かったつ》で気さくな性格らしく、フィリーネはホッとした。今まで侍女など持ったことがないので、どう接したらいいのか分からなかったが、彼女となら上手くやっていける気がする。

「こちらこそ、よろしくお願いします」

フィリーネが笑みを浮かべて挨拶《あいさつ》すると、リルカはコロコロと笑った。

「まぁ、フィリーネ様。もっと堂々となさっていいんですよ。フィリーネ様は王妃陛下を除けば、この国でもっとも身分の高い女性になるのですから。……たとえ殿下の真の番《つがい》ではなくとも、そのことは変わりません」

小声で付け加えられた言葉にフィリーネはハッとする。思わず問いかけるような視線を向けると、リルカは真剣な表情で頷いた。

「私は殿下の乳兄妹というごく身近な立場にあるので、事情は存じております。だからこそ、殿下は私をフィリーネ様付きの侍女に任命したのです。できる限りフィリーネ様を補佐し、お力になるようにと言われました」

「殿下が……」

フィリーネはジェスライールの気遣いに感謝した。傍につく人間が事情をよく知っていて、助けてくれるのならば、これほど心強いことはない。

リルカは少しだけ声を落として言う。

「フィリーネ様に仕える者のうち、裏の事情を知っているのは私とジストだけです。他の者はみんな、フィリーネ様をジェスライール殿下の番だと思っています。ですから、私たち以外の前では番らしく振る舞い、決して真実を気取られないようにしてください」

「……はい」

唇を引き結びながら、フィリーネは頷いた。

――そうだわ。私はこれからこの宮殿に住む人たちと、全ての国民に対して嘘をつかなければならない。気を引き締めないと。

内心で気負うフィリーネに、リルカは励ますような笑みを向けた。

「大丈夫。フィリーネ様は一人ではありませんわ。殿下をはじめ、私たちが必ずフィリーネ様の助けになりますから」

「頼りにしています……いえ、しているわ、リルカ」

「はい。お任せください、フィリーネ様」

二人は目を合わせると、互いに微笑み合った。


部屋で朝食を取ったあと、フィリーネはリルカに支度を手伝ってもらいながら、これからのことについて説明を受ける。

「ジェスライール殿下は溜まった仕事を片付けなければならないため、午前中はこちらに帰ってこられません。ですから、この機会に翡翠宮《ひすいきゅう》の案内をさせていただきたいと思います。そして午後からは謁見《えっけん》の間で国王陛下と王妃陛下、それに重臣たちとの顔合わせが予定されております」

「顔合わせかぁ……やらなきゃいけないのよね、やっぱり」

一応、貴族令嬢としての礼儀作法は教わっているが、社交界デビューすらしていないフィリーネには、それを披露する場がなかった。それなのに、いきなりぶっつけ本番でこの国の最高権力者に挨拶《あいさつ》しなければならないのだ。憂鬱《ゆううつ》になるのも当然だろう。

だが、リルカは明るく笑う。

「大丈夫ですよ。王族の皆様はとてもいい方々ですから。今回顔合わせの場に来る重臣たちも、みんな裏の事情を知っています。少しくらいボロを出してもどうということはありませんわ。まぁ、あまりに酷《ひど》いと、他の候補がよかったなどと言われるかもしれませんが……」

「お、脅かさないでよ、リルカ！」

「冗談ですよ、フィリーネ様。この国では竜王グリーグバルトの血を引く王族の意思が、何よりも優先されるのです。ジェスライール殿下が自ら選んだフィリーネ様に、面と向かってとやかく言う者はおりませんわ」

でも言い換えれば、陰では言われるかもしれないわけだ。あの娘は王太子殿下に相応《ふさわ》しくないと。

いくらジェスライールの意思が優先されるとはいえ、国王や重臣たちが反対したら、彼もその意見を無視できなくなるだろう。本当の番《つがい》でないフィリーネの代わりなどいくらでもいるのだから。

自分の立場はとても弱いのだと実感して、フィリーネはぶるっと震えた。

――なんとか認められるように頑張らないと……！

万が一実家に追い返されるような事態になったら、資金援助の話もなくなってしまう。この先もずっと援助を受け続けるためには、王太子妃の座になんとしても居座り続けなければならない。

「ジェスライール殿下がフォローしてくださるでしょうし、その場には宰相閣下《かっか》もおられるのです。気負わなくても大丈夫ですよ」

「まぁ、メルヴィンおじ様がいるなら、全員に反対されるということにはならないわね」

コール宰相はフィリーネの後見人という立場になる。フィリーネを推薦したのは彼だし、彼女のことを生まれた時からよく知っているのだから、それも当然だろう。

「宰相閣下《かっか》なら、他の重臣が反対しても上手く丸め込むでしょうから、フィリーネ様が心配なさることはありませんよ。どーんと構えていればいいのです」

丸め込むという言い方はあまりよくないが、リルカもコール宰相の手腕を認めているらしい。

「さて、仕度が整いましたわ」

リルカは一歩後ろに下がり、フィリーネを頭のてっぺんから下まで眺めて、満足そうな笑みを浮かべる。姿見の前に立ったフィリーネは、鏡に映る自分の姿に唖然とした。

繊細なレースで作られた白いシュミーズドレスは、フィリーネの琥珀色《こはくいろ》の瞳を驚くほど鮮やかに際立たせている。何度も梳《くしけず》って艶の出た褐色《かっしょく》の髪には、宝石がちりばめられた金細工の髪飾りがつけられていた。

——これ、いくらするんだろう？

つい金額が気になってしまうのは、貧乏人の性《さが》だろう。

さらに恐ろしいことに、国王のところへ行く時はまた別のドレスを着るのだという。つまり、これは宮殿内を散策するためだけの装《よそお》いなのだ。

王侯貴族が午前と午後で服を変えるという噂は本当だったらしい。朝から晩まで同じワンピースで過ごしていたフィリーネは、今までとはあまりにかけ離れた生活ぶりに目まいがする思いだった。

けれど、この豪華な装いも、王太子妃としての威厳を示すために必要だという。

「今回のことは急だったので、フィリーネ様の体型に合うドレスが少ないのです。でも、ご安心くださいな。これからどんどん増える予定ですから」

すでに四十着以上のドレスを発注済みだと聞いて、フィリーネは一瞬気が遠くなった。

偽の王太子妃のために、どれほどお金をかけるつもりなのだろう。今さらながら、この国が裕福であることを実感したフィリーネだった。

もともと豊かな国土を持っている上に、交易の拠点として莫大な富を得ているグリーグバルト。

一方、隣国グローヴでは砂漠化が進み、荒れ果てた大地がどんどん広がっているという。

かの国がグリーグバルトを妬《ねた》むのも無理はない気がした。だからと言って侵攻などという暴挙を許すことはできないが。

「では宮殿をご案内いたしますわね、フィリーネ様」

「分かったわ、お願いね」

リルカと二人で部屋を出ると、廊下には黒髪の若い男性が待機していた。背が高く、がっしりとした体型で、腰には帯剣している。フィリーネは彼にも見覚えがあった。ジェスライールと一緒にフィリーネを迎えに来た兵のうちの一人だ。

「こちらが私の婚約者のジストですわ、フィリーネ様」

「改めまして、フィリーネ様。私はこの翡翠宮《ひすいきゅう》の警備を任されたジスト・エルゼーンと申します」

ジストがいきなり片膝をついたので、フィリーネはびっくりした。

「騎士の礼ですわ。本来なら片手の甲にキスをするのですが、竜族の血を引く王族は、他の男が自分の番《つがい》に触れることを極端に嫌います。ですから、のっぴきならない理由がない限り、殿下以外の男性がフィリーネ様に触れることはありません」

「なるほど……」

王宮までの道中、ジェスライールがフィリーネの世話を全て自分で行ったのも、そういった事情があるからか。

もしフィリーネを他の者に託したりすれば、彼女が本当の番《つがい》でないとすぐにバレてしまう。だから、ジェスライールは自ら甲斐甲斐《かいがい》しく世話をしてくれたのだ。

——そうね、そうよね。そうに決まっているわ。

納得しつつも、少し面白くないと思っている自分に、フィリーネは首を傾げた。

——変なの。見せかけの関係なんだから当たり前なのに。

もやもやを振り払って、フィリーネはジストに笑みを向けた。

「旅の間はお世話になりました。王太子妃として至らないこともあると思いますが、これからよろしくお願いしますね。ジスト」

「はい。命に代えましても御身《おんみ》をお守りいたします」

どうやらジストは真面目で礼儀正しい性格らしい。それをリルカがとても好ましく思っていることが、彼女の笑顔から見て取れた。

「フィリーネ様は殿下の大切なお方ですもの。ね、ジスト」

「ああ」

ジストの方もリルカの顔を見ると、つられたように笑みを浮かべる。貴族出身だという二人の婚約には家同士の思惑もあるのかもしれないが、少なくとも好き合っているのは確かなようだ。

思い合っている二人と、見せかけの結婚をする自分たち。あまりに違う関係にフィリーネはつい苦笑する。

――羨《うらや》ましい、なんて思っちゃだめよね。

そもそもこの縁談話がなければ、結婚すること自体、フィリーネには無理だったはずなのだ。たとえ真似事でも幸運だと思わなければ。

二人に挟まれて歩き出しながら、フィリーネは恋人同士を羨む気持ちに、そっと蓋《ふた》をした。


「すごい……」

外に出て建物の外観を眺めたフィリーネの口から、感嘆のため息が漏れる。王宮に到着した時は夜だったし、具合も悪かったため、きちんと見ていなかったのだ。

王宮で一番豪華な離宮だと言われている通り、緑色に煌《きら》めく建物は厳《おごそ》かでありながら華やかで、その大きさにも贅沢《ぜいたく》さにも圧倒される。

外見だけでなく、中身も豪華だ。壁や天井、扉や取っ手までもが細部にわたって装飾されていて、ここに入っただけでも王族が絶大な富と権力を持ち合わせているのが見て取れる。

「王太子は番が見つかるまでは、国王陛下たちと同じ主居館《しゅきょかん》に住んでいます。けれど、番を見つけたのちは、ここに移り住むことになっているのですよ。それは先ほども申しました通り、竜族の男の性質によるものです」

宮殿の中に戻って廊下を歩きながらリルカが説明する。

「竜族の性質……って、他の男性が番《つがい》に近づくのを極端に嫌がるというやつ？」

「はい。言い伝えによると、竜族は番を巣に囲ってほとんど表に出さないそうです。特に番を得たばかりの雄は、他の雄が番に近づこうものなら、たとえそれが幼体であっても問答無用で排除するそうですよ。でも王族は立場上、番をずっと監視しているわけにもいきません。それに、番に近づく男を全て抹殺してしまったら大問題です。ですから、こうした離宮が作られました」

王太子の許可がなければ、他の男は翡翠宮《ひすいきゅう》に足を踏み入れることすらできないらしい。警備の人間などは別だが、人数はかなり制限されているそうだ。

リルカの説明にジストが付け加える。

「この宮殿は何人もの兵士に守られていますが、ほとんどの兵士は緊急時以外、宮殿内に足を踏み入れることを禁止されています。私が内部に入れるのはジェスライール殿下の許可を得ているからです」

「今のところ殿下が許可を与えている男性は、王族方と宰相閣下《かっか》、私の兄のクレマン、そしてジストのみです。少ないと思われますか？　これでも歴代の王太子の中では寛容なほうなんですよ。今の国王陛下なんて、王妃陛下の父君しか許可しなかったんですから。王弟のシェルダン様すら立ち入り禁止にしたとか」

「自分の弟も？」

フィリーネはびっくりして尋ねる。

「はい。当時シェルダン殿下は、まだ自分の番を見つけていなかったそうですから」

「まだ番を見つけていなかったから？　それってどういう意味？」

フィリーネが首を傾げていると、リルカが少し言いづらそうに答えた。

「実は……番を見いだす前の王族は、普通の人間と同じように恋もすれば、その相手と子どもを作ることもできるのです。ですから国王陛下はシェルダン殿下が王妃様に懸想《けそう》するのを恐れて、むやみに顔を合わせることを禁止したのでしょう」

フィリーネは思わず足を止めた。それに合わせてリルカとジストも立ち止まる。

「待って。それは番じゃない相手と……ってことよね？　王族は番以外に興味を抱かないというのは嘘なの？」

フィリーネが聞いた話だと、王族は番以外には見向きもしないということだった。でも、本当はそうではないのだろうか。

リルカとジストは互いに顔を見合わせた。真実を伝えてもいいものかと思案しているようだ。やがてリルカが「いずれは分かることなので……」と前置きしてから答えた。

「番が見つかれば、その相手以外には見向きもしません。ですが、番を見いだす前はその限りではないのです」

今度はジストがフィリーネを見下ろしながら口を開く。その黒い眼にどこか哀れみのようなものが見え隠れしているのは、フィリーネの気のせいだろうか。

「フィリーネ様。一般の貴族や国民に知られていることは、王族に関する事実のほんの一部でしかありません。謁見《えっけん》のあと王族方だけで話をする場が設けられるそうなので、おそらくその時に両陛下と殿下から詳しい説明があることでしょう。今言えるのは、我々が話したような事情があるからこそフィリーネ様は選ばれ、ここに連れてこられたということです」

「そういう事情があるからこそ、私が選ばれた……？」

——かりそめの王太子妃が必要だからというだけではないの？　他にまだ理由があるの？

フィリーネは思わず眉をひそめた。

「申し訳ありません。かえって不安にさせてしまいましたね」

「本当に申し訳ありません」

リルカとジストは二人揃って頭を下げる。それを見たフィリーネは慌てた。

「二人とも顔を上げて。私は無理やり連れてこられたわけじゃなく、ちゃんと納得して来ているんだから。さぁ、案内を続けてちょうだい」

フィリーネはそう言って、さっさと歩き始めた。それを見て二人も歩き始める。

彼らの説明を笑顔で聞きながらも、フィリーネの瞳は言い知れぬ不安に揺れていた。

＊　＊　＊

「よく似合っている。綺麗だよ、フィリーネ」

仕事を終えたジェスライールが部屋に迎えに来た時、フィリーネは支度を整えて待っていた。

「あ、ありがとうございます」

慣れない賛辞にフィリーネは頬を染める。ぎゅうぎゅうに絞られたコルセットは苦痛でしかないが、おかげでなんとか見られる姿になっているらしい。

翡翠宮《ひすいきゅう》で過ごす時は楽なシュミーズドレスで構わないそうだが、国王への謁見となるとさすがにそうはいかない。だから昼食後、フィリーネはリルカに手伝ってもらってコルセットとペティコートを身につけ、きちんとしたドレス姿になっていた。

アイボリーのサテン地に、同色の繊細な刺繍が施されている。襟ぐりと袖にはレースが使われており、清楚な中に少し大人っぽさも演出できるデザインになっていた。例によって、かなり値の張るもののようだ。

——いいかげん、身につけるものの金額を気にするのはやめた方がいいって、分かってはいるけれど……

一度身についた貧乏性はなかなか直らない。それに、贅沢《ぜいたく》に慣れるつもりはなかった。

——慣れてしまったら、元の生活に戻れなくなってしまうもの。

あくまで自分はジェスライールが本当の番《つがい》を見つけるまでの、かりそめの妻なのだ。いや、もし彼が番を見つけられなくとも、普通の人間のように恋もできるし子どもも作れるという。

つまり、ジェスライールに好きな相手が見つかった時点でフィリーネはお払い箱になる。

どんな結末になっても、キルシュ侯爵家への援助の件さえきちんとしてもらえればそれでよかった。

ソファから立ち上がるフィリーネに手を貸しながら、ジェスライールが微笑んだ。

「それでは行こうか」

「はい」

「あ、フィリーネ様。謁見《えっけん》の間まではこのベールをお召しください」

リルカが白いレースの布を、フィリーネの頭と顔を覆《おお》うように被せる。

「番《つがい》はむやみに素顔を晒《さら》さないことになっているのです」

「そうなの？」

フィリーネが驚いていると、ジェスライールが笑いながら言った。

「これも竜族が番を囲う習性からくる決まりごとなんだ。番を他の男に見られたくない……いわゆる独占欲というやつでね。人によって程度は違うけど、父上なんかは未だに母上を表に出したがらないし、公《おおやけ》の場では必ずベールをつけさせる」

「そ、そうなんですか」

異性に会わせることはおろか、顔も見せたくないとは。どうやらフィリーネが考えていた以上に、竜族の独占欲は強いらしい。

「ですから、この翡翠宮《ひすいきゅう》を出る時は必ずベールを身につけてくださいね」

「分かったわ」

顔を覆うベールに触れながらフィリーネは頷いた。ジェスライールの番であることを周囲に疑われないためには、これも必要なのだろう。

幸いなことにフィリーネは本当の番ではないので、格好だけ取り繕《つくろ》えばそれで済む。だが、本物の番はそんな嫉妬《しっと》深い伴侶《はんりょ》と一生付き合っていかなければならないのだ。

「……番って大変なのね……」

フィリーネが思わず本音を漏らすと、ジェスライールが苦笑した。

「ああ、僕《竜》たち《族》に見初《みそ》められた女性は大変だと思うよ。本当にね」

しみじみと呟かれた言葉の意味を、フィリーネはすぐに思い知ることになるのだった。

玉座まで伸びた長い絨毯《じゅうたん》の上を、フィリーネはジェスライールに手を引かれながらゆっくり進む。謁見の間に入る時にベールは外しているが、その顔は緊張のために強張っている。

――大丈夫。お母様とさんざん練習したじゃないの。

フィリーネは自分にそう言い聞かせた。

ジェスライールが迎えに来るまでの十日間、フィリーネは母親の指導のもと、礼儀作法をおさらいしていた。両親相手に挨拶《あいさつ》などを繰り返し練習し、太鼓判を押してもらったが、社交界と縁がないのは父母も同じだ。これでいいのかと今さら不安になってくる。

――もし失敗したらどうしよう？　よろけてしまったら？　転んだりしたら？

すでに乗り物酔いで醜態《しゅうたい》を晒しているのに、これ以上失態を犯したら……

手のひらにじわりと汗が滲《にじ》み出してくる。そんなフィリーネの様子に気づいたのだろう、ジェスライールが小さな声で話しかけてきた。

「そんなに緊張しなくても大丈夫だよ。誰も君を取って食いやしないし、失敗したとしても咎《とが》める者などいない。君が社交に慣れていないのを、この場にいる者は全員承知している」

「は、はい」

まっすぐ前を向いたままフィリーネは頷く。だが、あいにくその言葉は気休めにしかならず、フィリーネは玉座に近づくにつれてますます緊張していった。

玉座へ続く赤い絨毯《じゅうたん》の左右に、十人ほどの重臣が立ち並んでいる。この人数ならもっと小さな部屋でやればいいと思うのだが、正式な場で謁見《えっけん》し、フィリーネが国王に認められたと示すことが重要なのだという。

偽りの番《つがい》を本物らしく見せるため。そしてフィリーネが周囲の人間から侮《あなど》られないようにするためだ。だが、それが分かっているからこそ、フィリーネは余計に緊張してしまうのだった。

「大丈夫。僕がフォローするから、君はありのままの君でいればいい。その方がきっと上手くいく」

「それは……」

どういう意味かと尋ねることはできなかった。なぜならもう玉座の前についてしまったからだ。

フィリーネは慌ててドレスを摘まんで片足を引き、そのまま腰を落とす。頭を深く下げ、なんとかよろけずに耐えていると、玉座から重々しい声が響いた。

「顔を上げよ」

生まれて初めて聞く国王の声だった。威厳があり、よく通る声だ。フィリーネはビクンと肩を震わせ、恐る恐る顔を上げる。

国王はフィリーネを見下ろしながら微笑んでいた。

「遠路はるばるよく来てくれた、フィリーネ・キルシュ侯爵令嬢。公式な場ではあるが、あくまで形だけだ。気を楽にするがいい」

今年四十六歳になるという国王ジークフリードは、ジェスライールとよく似ていた。同じ金色の髪に、顔の造形までそっくりで、彼がそのまま年を取ったようだ。唯一違うのは瞳の色がジェスライールより濃いことだった。

その国王の隣から鈴を転がしたような声があがる。

「そうですよ、フィリーネ。あなたは私たちの娘になるのですから、そんなに緊張することはありません。ここにいるのは、みんなあなたの味方です」

王妃ナディアは薄紫色のドレスを身に纏《まと》い、国王の隣の椅子にゆったりと座っている。顔は黒いベールに覆《おお》われていて見えないが、とても若々しい声だ。

コール宰相によると王妃は今年四十二歳。思慮深くて優しく、誰からも尊敬される人物らしい。何事もナディア王妃をお手本にしていれば間違いないと、コール宰相は絶賛していた。

「は、はい」

両陛下の表情や態度を見る限り、自分を心から歓迎してくれているようだ。少しだけ安堵しながらフィリーネは笑みを浮かべた。

「おお、そうだ。自己紹介が遅れたな。私はこの国の王ジークフリードだ。隣にいるのは妻のナデイア。そして私の左手にいるのは弟のシェルダンだ」

そう言いながら、国王は玉座の左下を指し示す。そこにいたのは胸まで届く長い金髪に、紫色の瞳をした男性だった。

彼——王弟シェルダンはフィリーネに柔らかな笑みを向ける。

「ようこそフィリーネ嬢。甥のことをよろしく頼むね」

「シェルダンの横にいるのは、君もよく知っているコール宰相だ」

シェルダンから少し距離を置いて、フィリーネにとって馴染《なじ》みのある人物が立っていた。その親しみのこもった笑顔に、フィリーネの緊張が若干ほぐれる。

「宰相の隣が首相のゲリィ・バルフェス、その隣は国務大臣のカーティス・オルテン、そして絨《じゅう》毯《たん》を挟んで向かいにいるのが外務大臣のカルバン・レイディオ、財務大臣のグレイス・デルティア——」

国王がその場にいる人たちを次々と紹介してくれる。財務大臣の女性——グレイスはフィリーネと目が合うと、眼鏡の奥でにっこり笑った。そこで王妃が口を挟む。

「グレイスは私の友人なの。時々お茶にも付き合ってもらうのよ。フィリーネ、落ち着いたらあなたも一緒にどうかしら？」

「は、はい。もちろんです。よろしくお願いいたします」

背筋をピシッと伸ばしながら、フィリーネは上ずった声で答えた。

「さて、以上が事の真相を知る人間だ。フィリーネ。他の人間がいる場所では決して本当のことは口にしないように。国の一大事に関わることだからな」

国王が少しだけ厳しい口調で言った。フィリーネはしっかりと頷く。

「はい。承知しております」

その答えを聞いて満足げに頷くと、国王は一同をぐるりと見回しながら口を開いた。

「さて、謁見《えっけん》はこれで終わりだ。今日からフィリーネとジェスライールは翡翠宮《ひすいきゅう》で蜜月に入る。貴公らと再び顔を合わせるのは何ヶ月もあとになるから、聞きたいことがあるなら今のうちだぞ？」

「恐れながら陛下。聞きたいことがあります」

声をあげたのは、コール宰相の隣にいる首相だった。

「フィリーネ嬢がジェスライール殿下の伴侶《はんりょ》となるのに異存はありません。が、コール宰相と殿下によれば、フィリーネ嬢の琥珀色《こはくいろ》の瞳は先祖返りだとか。ですが、それだけで先祖返りと断ずるには、少し早計ではないでしょうか？　他に何か証拠でもあるのでしょうか？」

首相の言葉に、コール宰相とグレイス以外の重臣たちはうんうんと頷いている。フィリーネは思わず自分の瞼《まぶた》に触れた。

そういえば、コール宰相がフィリーネの目は先祖返りだと言っていた。フィリーネには「力」があるのだとも。でも、それらしき力はフィリーネにはない。

ジェスライールがフィリーネの肩に手を回しながら口を開いた。

「王族ほど強くはありませんが、フィリーネには『力』があります。その証拠に『沈黙の森』を自由に出入りできる。それに他人の魔力を感じ取ることもできます」

「ほう、魔力を？」

国王が面白そうに片眉を上げた。

「そうです。その能力で家族しか知らないはずの、僕の『特性』を感じ取った」

フィリーネを見下ろしながら、ジェスライールは尋ねる。

「君は僕から水の匂いがすると言ったね」

「……え？　あ、はい」

彼の意図が分からず戸惑いつつもフィリーネは頷いた。

「なるほど、ジェスライールから水の匂い、ね」

シェルダンがくすっと笑い、フィリーネの方に向かって歩いてくる。そのままフィリーネの前に立つと、彼は笑いながら尋ねた。

「ではフィリーネ嬢。僕からはどんな匂いがする？」

「え？」

フィリーネが戸惑ってシェルダンを見上げると、肩に回されているジェスライールの手に少し力が入った。励ましてくれているのだろうと思いながら、フィリーネはシェルダンの匂いを嗅《か》ぐ。すると、服に焚《た》きしめられている香に交じって馴染《なじ》みのある匂いがした。

——でも、これって言っちゃっても大丈夫かしら？

フィリーネが迷っていると、シェルダンが促《うなが》す。

「正直に言ってくれて構わない」

「あ、はい。あの……その……」

ええいままよと思いながらフィリーネは口を開いた。

「土、の匂いが……その、畑作業をしている時に、いつも嗅いでいる匂いがします」

王族に向かって土臭いと言ったフィリーネに、大臣たちは言葉を失っている。だが、言われた本人は楽しそうに目を煌《きら》めかせた。

「正解だ。これは本物だね」

「ほう。では私はどうだ？」

国王が玉座から立ち上がり、壇上から下りてフィリーネに歩み寄る。シェルダンと場所を入れ替わるようにしてフィリーネの前に立った国王は、彼女を見下ろしながら尋ねた。

「私からはなんの匂いがする？」

「あ、あの……」

フィリーネは助けを求めてジェスライールを見上げる。

――一体なんなの？　何が起こっているの？

理解できない状況にフィリーネはすっかり混乱していた。そんな彼女にジェスライールは優しく笑いかける。

「大丈夫だよ、フィリーネ。父上からはなんの匂いがする？　言ってごらん」

優しく促されて、フィリーネは泣きそうになりながらも国王の匂いを嗅ぐ。すると、シェルダンとはまた違う匂いがした。

「……火の、匂いがします。その、暖炉に火をつけた時のような……」

恐る恐る言うと、いきなり国王が笑い出した。

「ハハハ！　なるほどな。これは確かに本物だ」

国王はひとしきり笑ったあと、大臣たちを見回して言う。

「確かにフィリーネには『力』があるようだ。その証拠に、私たちの力の特性を感じ取ることができる」

「どういうことでしょうか？　フィリーネ嬢の仰《おっしゃ》る匂いとは一体……」

首相が困惑を隠せない様子で口を開いた。

「貴公らは知らないだろうが、私たち王族の『力』には特性があるのだ。分かりやすく言えば得意分野だな。もちろん他の力も使えないわけではないが、もっとも強く、自然に使える力はそれぞれ違っている。ちなみに私は火の力が強い」

そう言いながら国王は手を高く上げる。すると、その手から赤い炎が噴き出し、天井近くまで燃え上がった。

「おお！」

大臣たちがどよめく。その直後、炎は国王の手から消え失せた。

「僕は大地の力を操るのが得意でね」

シェルダンはにこにこ笑いながら人差し指を立て、それを真下に向けた。とたんにズンッと下から突き上げるような揺れが起こる。

「きゃ！」

フィリーネはとっさにジェスライールに抱きついた。

「お、おお！　これは……地震？」

外務大臣が揺れる天井を興味深そうに見上げている。他の大臣たちは目を剥《む》き、中には腰を抜かして床に座り込む者までいた。

建物の揺れはシェルダンが人差し指を下に向けている間ずっと続き、彼が指さすのをやめると唐突に止まった。

「最後は僕かな。僕は水を操るのが得意なんだ」

ジェスライールはフィリーネを抱き締めたまま、手を前に突き出す。そして手のひらを上に向けた。とたんにその手から水が溢れ出し、床に零れ落ちていく。まるで水の入った桶を引っ繰り返しているかのように。

「わ、分かりました！　もう充分です！」

首相がたまりかねたように声をあげた。その言葉を受けてジェスライールが手を握り締めると、水がぴたりと止まる。

――これが王族の……ううん、竜族の「力」……

フィリーネは唖然としながら水びたしの絨毯《じゅうたん》を見下ろす。王族には不思議な力があり、その力で国を守っているという噂は本当だったらしい。

財務大臣のグレイスが、眼鏡をくいっと上げながら冷静に告げる。

「……確か三十年近く前に起きた戦いの際、グローヴ国の船団に突然火の手が上がって全滅したと聞いております。そして停戦のきっかけになったのは、グローヴ国の城を襲った大きな地震だとか。あれはつまり……」

大臣たちの視線が王族の男たちに集中した。するとシェルダンがにっこり笑う。

「そういうことだね。だが、力の特性のことは公《おおやけ》にはなっていない。それにもかかわらず、フィリーネは我々王族の力の特性を感じ取ることができるわけだ。竜族の力は竜族にしか感じ取れないから、彼女は間違いなく王族の血を引いているということだな」

玉座に戻って腰を下ろした国王が一同を見回す。

「さて、他に何か質問がある者はいるか？」

「……いえ。ありません」

首相が首を横に振る。他の者も口を開かないのを見ると、国王が宣言するように告げた。

「それでは満場一致でフィリーネ・キルシュ侯爵令嬢を王太子妃として認めたものとする。皆の者、王太子妃を王太子ともども守《も》り立ててやってくれ」

「はい。承知いたしました」

大臣たちは胸に手を当てて頭を下げる。国王はジェスライールに視線を向け、厳《おごそ》かな声で尋ねた。

「王太子ジェスライールよ。フィリーネを死ぬまで守り、一生を共にすると誓えるか？」

「はい。誓います」

ジェスライールはフィリーネをぎゅっと抱き寄せながら答えた。

——あれ？　この詞《ことば》って……

どこかで聞いたことがある。だが、それを思い出す間もなく、国王の視線がフィリーネに向けられた。

「フィリーネ・キルシュよ。ジェスライールに操《みさお》を立て、一生を共にすると誓えるか？」

「え？　あ、はい」

反射的に答えたフィリーネは、次の国王の言葉を聞いて仰天《ぎょうてん》することになる。

「それでは竜王グリーグバルトの後継者にして竜神教《りゅうじんきょう》の教主、国王ジークフリードの名において、ここにジェスライールとフィリーネの婚姻が成立したことを宣言する」

「————は？」

フィリーネが遅れて発した声は、大臣たちの拍手と祝福の声に掻き消された。

「殿下、おめでとうございます！」

「フィリーネ、おめでとう！」

「さっそく国民に向けて告示しなければ！」

「あ、あの……婚姻が成立したって……？　どういうこと……？」

戸惑うフィリーネの声を聞き取れたのは、ジェスライールだけだった。

「ああ、知らなかったのかい？　竜神教の教主は代々国王が兼任している。よって、父上は自ら婚姻の儀を執り行うことができるんだ。竜族は番《つがい》を見つけたら、その場で婚姻するのが普通だからね。つまり王族の婚姻は神殿に足を運ぶことなく、国王が宣言した時点で成立する」

フィリーネの口があんぐりと開いた。

「き、聞いてないですっ……」

「おかしいな」

ジェスライールは困った顔をする。

「最初の段階でコール宰相の口から君に伝えておくよう頼んでいたはずなんだが……」

——あの狸《たぬき》……！　なんでこんなに大事なことを教えなかったのよ！　私にだって心の準備ってものがあるのに！

拍手しながら満面の笑みをたたえているコール宰相を、フィリーネはキッと睨《にら》みつけた。決して目を合わせようとしない彼の態度から、わざと伝えなかったのだと分かる。

けれど、フィリーネはまだ気づいていなかった。コール宰相がもっとも重大な事実を隠匿《いんとく》していることに。

＊　＊　＊

「ハハハ。宰相はほとんど何も伝えていなかったんだね」

謁見《えっけん》の間を出て廊下を歩きながら、ジェスライールが朗らかに笑う。

「笑い事ではありません！　本当にもう、あの狸め……！」

フィリーネは怒っていた。もちろん、何も教えなかったコール宰相に対してだ。

――メルヴィンおじ様、覚えてらっしゃいよ！　今度会った時はメッタメタのギッタギタにしてやるんだから！

だが、政治的手腕や交渉術に関しては、コール宰相の方がはるかに上手《うわて》だ。おそらく彼はフィリーネが怒り狂っていることを見越して、当分近寄ってこないだろう。

――こうなったらコール伯爵夫人に手紙を書いて、しばらくの間おじ様の好物のパイは禁止にしてもらおう。

パイに目がないコール宰相への復讐を画策し、少しだけ溜飲《りゅういん》を下げたフィリーネは、エスコートしてくれているジェスライールの顔を見上げた。

「ところで、どこへ向かっているんですか？」

「主居館《しゅきょかん》にある、僕たち家族がいつも使っている談話室へ。両親が私的にフィリーネと会って話をしたいそうだ。君に色々と説明しなければならないこともあるしね」

そこまで言ったところで、廊下の向こうから一組の男女がやってくるのに気づき、ジェスライールは顔をしかめた。

「……しまった、まずい連中がいる。フィリーネ、彼らに何を言われても返事をしなくていいからね」

「は、はい」

フィリーネは頷き、口をきゅっと引き結ぶ。そして、こちらに歩いてくる男女をベール越しに見つめた。

「グリース侯爵の嫡男《ちゃくなん》と、その奥方だ」

歩きながらジェスライールが耳打ちしてくる。

「嫡男の方は、昔から僕に妙な対抗心を抱いていてね。おまけに奥方は……」

「殿下を狙っていたんですね」

青いドレスを着た奥方は、ジェスライールにエスコートされているフィリーネを、凄まじい目つきで睨《にら》みつけていた。

今まで会ったこともなければ見たこともない相手に、あんな目をされる謂《いわ》れはない。だからすぐにぴんときたのだ。あの女性はジェスライールに気があるのだろうと。

そう説明したら、ジェスライールは苦笑を浮かべた。

「ご名答。彼女は侯爵家の令嬢でね。顔を合わせる機会はそれなりに多かったんだけど、会うたびに何かと自分を売り込んできた。去年ようやく結婚してくれて、ホッとしていたんだが……よりにもよって、この日この時を狙って王宮に来るとは」

ちなみに男の方は外務大臣の執務補佐官らしい。だから王宮内にいてもおかしくないのだが、奥方まで一緒にいるのは不自然極まりないという。たとえ貴族であっても、王宮に用がなければ簡単には入れないようになっているそうだ。

「これは、警備体制を見直す必要があるな」

ジェスライールがため息をついたのと、彼らが声をかけてきたのはほぼ同時だった。

「殿下、このようなところでお会いするとは！」

「お久しぶりでございますわ！」

「……そうだね」

にこりともしないジェスライールを見れば、彼の機嫌が悪いのは分かるだろうに、夫婦は意に介さなかった。それどころか、ジェスライールに大事そうにエスコートされているフィリーネをじろじろ見つめて、わざとらしく言う。

「そちらのお方は、もしや殿下の番《つがい》ですかな？」

「まぁ！　お会いできて光栄ですわ、王太子妃殿下。わたくし、殿下とはとーっても仲がよかったんですのよ？　ですから、きっと妃殿下とも仲よくなれると思いますの」

仲がよかったという部分を妙に強調している。過去に何かあったと暗に仄《ほの》めかしたいのだろう。

けれど、あいにくフィリーネはかりそめの番だ。ここにいるのはお金で雇われたからであって、それ以上でもそれ以下でもない。だからこそ冷静に相手の出方を見ることができた。

フィリーネを見る奥方の目は意地悪そうな光を帯びていた。笑みを浮かべた口元もなんとなくバカにしているふうである。こちらを動揺させて、反応を見ようとしているのだろう。

「殿下。ようやく番を見つけられたのですね。おめでとうございます」

男がにやにやしながら言う。

「陛下が今の殿下と同じ歳の頃にはすでにお子が生まれていたのに、殿下はいつ番を見つけてくださるのかと、臣下一同心配していたのです。これでわが国も安泰ですな」

——何？　こいつ。

フィリーネはベールの下から男を睨《にら》みつける。きっと今までもこの調子で、ジェスライールが番を見つけられないことについてネチネチと嫌味を言っていたのだろう。

フィリーネが見る限り、ジェスライールは王子として完璧だ。部下に慕われていて、誰に対しても人当たりがいい。そんな完璧王子の唯一の弱点が、いつまで経っても番を見いだせないことだった。だからこの目の前の男は、その弱点を執拗《しつよう》に突こうとするのだ。

「ああ、そうだ。せっかくお会いできたのですし、妃殿下のお顔を拝見してもよろしいでしょうか？」

「そうですわ、皆が待ち望んでいた妃殿下ですもの。ぜひご紹介くださいな！」

――だったらベールを上げて正々堂々名乗ってあげようじゃないの！

ぐっとお腹に力を入れたフィリーネが、一歩踏み出そうとしたその時だった。ジェスライールはフィリーネをぎゅっと抱き締め、冷たい声で言い放つ。

「僕が大事な番を他人に見せるとでも……？」

「で、殿下？」

ジェスライールと出会って一週間近く経つが、彼がこれほど冷ややかな声を出すのは聞いたことがなかった。部下と話す時も、彼らに命令する時も、彼は始終穏やかな態度でいたからだ。

「……っ」

明らかに普通ではない反応に、夫婦は唖然とする。

「王族である僕の番を見せろと、そう言うのか？　僕たち王族の独占欲がとても強いと知った上で？」

「い、いえ。それは……」

男は急にしどろもどろになった。

国王夫妻がまだ結婚して間もない頃、王妃のベールの下の素顔をたまたま見てしまった男が、国王によって半死半生《はんしはんしょう》の目に遭わされたと言われている。ところが、この夫婦は普段のジェスライールの態度から、まさかそんなことにはなるまいとタカをくっていたらしい。

「言っておくが、君たちが彼女の顔を一目見たが最後、僕は君たちを殺すよ。……こんなふうに」

冷たい笑みを浮かべたジェスライールが、スッと手を動かす。その直後、夫婦の真横にあるガラス窓にビシッとヒビが入った。

「ヒッ」

女が悲鳴をあげて震え出す。男の方はサッと顔を青ざめさせた。

「蜜月の間、番《つがい》に近寄るものを竜は全力で排除する。貴族である君たちがそれを知らないわけはない。だからこのまま僕に殺されても、君たちの親族は文句を言えないだろう」

「も、も、申し訳ございません！」

「お、お許しください、殿下」

夫婦は急に頭を下げる。それを冷ややかに見下ろしてジェスライールは告げた。

「そう思うんだったら、さっさとこの場から消えてくれないか？　彼女が君たちの視界に入るだけで僕は不愉快なんだ」

「は、はい！　し、失礼します」

二人は逃げるように走り去る。もはや礼儀も礼節もあったものではなかった。

彼らの姿が見えなくなると、ジェスライールはふっと肩の力を抜く。

「……ふぅ。すまなかったね。フィリーネ」

フィリーネに向き直る彼の声に、先ほどの冷たさはない。どうやらあれは演技だったようだ。

「私は大丈夫です。それより殿下の方が……」

王子ともなればみんなから尊敬されて、大切にされるものだと思っていた。けれど、そうではないらしい。

「ああいう手合いは少なくないし、もう慣れているよ。でないと王子なんてやってられない。まぁ、いつもは相手にしないで適当にかわすんだけど、番《きみ》を守るのは僕の役目だから、最初が肝心だと思ってね」

「……本物の番ではないのに？」

フィリーネがつい小声で言うと、ジェスライールは笑いながら口元に人差し指を立てた。

「しっ。誰が聞いているか分からないからね。それに、今は君こそが僕の大切な番だよ。本物も偽物もない」

「殿下……」

「さぁ、行こう」

フィリーネを促《うなが》して彼は歩き始める。けれどすぐに足を止め、前方を見たまま顔をしかめた。

「……どうやら、彼らだけじゃなかったようだな」

「え？」

「君を一目見ようと、よからぬ連中がこちらを窺《うかが》っている。柱に隠れているが僕には分かるんだ。ああ、グローヴ国の間者もいるな」

「え？　そ、それって一大事では？」

慌てるフィリーネにジェスライールは苦笑を浮かべた。

「そうだね。でも、王宮内に間者がいるのは予想の範囲内だ。僕らだって向こうの王宮に間者を放っているからね。おそらく僕の見つけた番《つがい》が本物かどうか探っているんだろう」

王太子ジェスライールが番を見つけた。事情を知らない人間であれば、その番が本物かどうか疑うわけがない。つまり、フィリーネが本物の番かどうか疑っている時点で、その人物はジェスライールの呪いのことを知っていると分かる。

「今すぐ捕まえることも可能だけど、ここで騒ぎを起こすわけにはいかないな。間者がやけを起こして、僕の呪いのことをわめき散らしても困るからね。……しかし、こうもやすやすと侵入されるとは。やはり警備体制に不備があるみたいだな」

小さく嘆息すると、ジェスライールは再びフィリーネに向き直る。

「本物かどうか疑う余地がないくらい、番に夢中だと思わせてやろう。フィリーネ、すまないが、少し協力してくれないか？」

急に腰を引き寄せられ、顔を覆《おお》うベールを剥《は》ぎ取られて、フィリーネは仰天《ぎょうてん》する。

——え!?

フィリーネのポカンと開いた唇を、屈み込んだジェスライールの唇が塞いだ。

遠くの方からざわめきと息を呑む音が聞こえた気がする。

「……んぅっ……？」

唇を覆う生温かくて柔らかい感触。あまりの出来事に、フィリーネの頭はついていけなかった。

それでも反射的に押しのけようとし、手でジェスライールの胸を押す。けれど、腰に巻きついた力強い腕はフィリーネの抵抗を許さなかった。

フィリーネはキスを受けながら、至近距離から自分を見つめる水色の瞳を見返す。彼女にとって、これが異性と行う初めての口付けだった。

しばらくして顔を上げたジェスライールは、呆然とするフィリーネを見下ろして微笑む。

「フィリーネ。これはお芝居だよ」

そう言いつつ、ジェスライールは再びフィリーネの唇を奪った。

「……っ……」

ようやく状況が見えてきたフィリーネは、ぎゅっと目を閉じる。

間者に本物の番であると示すために、ジェスライールはわざとキスしているのだろう。白昼堂々廊下でキスをしてしまうほど、自分が番に夢中であるとアピールしているのだ。

——そうよ、これはお芝居なんだわ。

そう自分に言い聞かせながらも、彼の唇の熱く濡れた感触が気になって仕方がない。

「……んっ……」

口では呼吸できないので、鼻から小さく息を漏らす。次の瞬間、フィリーネは大きく目を見開いた。薄く開いた唇のすき間から、ジェスライールの舌が入り込んできたからだ。

「んぅ……!?」

驚きのあまり口を開いてしまったら、ここぞとばかりにジェスライールの舌が深く侵入してくる。ざらついた舌がフィリーネの舌を捉え、互いに絡み合った。フィリーネの背筋をゾクゾクしたものが駆け上がっていく。

「んんっ……！」

——ちょ、ちょっと！

いくら田舎に引っ込んでいても、このようなキスがただの親愛を表すものではないと知っている。これは恋人同士が行う、もっとも親密で濃厚な口付けだ。

——こ、ここまでする必要があるの!?

舌で上顎をなぞられて、ぶるっと震えながら、フィリーネは心の中で喚《わめ》く。抗議するようにジェスライールの胸をバンバン叩いたが、彼の行為は止まらなかった。

ただ触れるキスだけじゃだめなのか——そうジェスライールに問いかけたい。けれど、フィリーネの唇は塞がれているし、そこから出てくる声といえば「んっ……」という鼻にかかったような声だけだ。

舌が絡むたびに背筋に震えが走り、手足から力が抜けていく。ジェスライールを押しのけようとしていた手が、いつの間にか彼の上着を縋《すが》るように掴んでいた。

ふと顔を上げたジェスライールが、陶然《とうぜん》としながら呟く。

「……やっぱり、君はとても甘い」

「え？」

聞き返そうとした瞬間、また唇を塞がれる。そのキスは先ほどよりも激しさを増していた。

「んっ、ん……」

どちらのものか分からない唾液が、絡まる舌の動きに合わせて水音を奏でる。くちゅっと濡れた音が唇の合わせ目から漏れて、フィリーネの耳を犯した。どうしようもなく恥ずかしいのに、蠢《うごめ》く舌になす術《すべ》もなく翻弄《ほんろう》されてしまう。

フィリーネは次第に頭の芯がぼうっとしてくるのを感じた。口の中を蹂躙《じゅうりん》するジェスライールのこと以外、何も考えられない。これが単なるお芝居だということも忘れてしまっていた。

舌の根元をざらついた舌で擦《こす》られて、フィリーネの背中がぞくぞくと震える。耐えられずジェスライールに縋りつくと、腰のあたりに何か硬いものが当たっていることに気づいた。それがなんであるかを理解する前に、フィリーネは本能的に身体を摺り寄せていた。

「……ふぁ、ん……」

口の中をまさぐる舌の動きがより激しくなる。合わさった唇の端から、どちらのものとも知れない唾液が零れ落ちていった。

フィリーネはキスに気を取られていて知らなかったが、柱の陰から窺《うかが》っている者たちは、目の前で繰り広げられるラブシーンに心底驚いていた。

ジェスライールが覆《おお》い被さっているせいで、彼らからは番《つがい》の顔はよく見えない。けれど、時折王太子の腕の中でビクンと震える華奢《きゃしゃ》な身体が、二人の行為がただ優しく触れ合うだけのものではないことを表していた。

普段の王太子はにこやかで人当たりがよく、そしてとても真面目で、間違っても白昼の廊下で女性とキスなどしなかった。それなのに今、単に触れるだけでない濃厚な口付けを公衆の面前でかわしている。

彼にこれだけのことをさせるのだから、王族にとって番はやはり特別なのだと、この場にいる誰もが思った。王太子の呪いのことを知っている間者を除いて。

そんな彼らの視線の先で、ジェスライールがゆっくりと顔を上げた。はぁはぁと荒い息を吐きながらフィリーネはぼんやりと彼を見上げる。ジェスライールは満足そうに顔をほころばせると、再びフィリーネに覆い被さり、その口から零れた唾液を唇で拭っていく。口元から顎へ、そして首筋へと。

ジェスライールの柔らかな髪と、濡れた唇が首筋をくすぐり、フィリーネは身体をぶるっと震わせた。身体の芯が熱くなり、腹の奥から両脚の付け根に向かって、ドロリと何かが零れ落ちる。

「殿、下……」

フィリーネは生まれて初めて与えられる感覚に、すっかり心を奪われていた。

「フィリーネ。君の肌はなんて甘いんだ……」

フィリーネの肌を食《は》みながら、ジェスライールが囁《ささや》く。

「あっ……」

その濡れた肌に当たる吐息にさえゾクゾクしてしまい、フィリーネは彼の肩に手を回してぎゅっと縋《すが》った。それがきっかけになったのか、フィリーネの腰を拘束していた腕の力が緩み、片方の手が胸の膨らみへと向かう。

「んっ……」

生地の上からやんわりと触れられて、フィリーネは鼻にかかった声を漏らした。嫌悪感はまったくなく、痺《しび》れるような熱い感覚が指先まで広がる。

「フィリーネ、可愛い」

そう言いながら、ジェスライールはフィリーネの首筋に軽く歯を立てた。

「ふぁ……」

肌に当たる歯の感触に、ずくっと子宮が疼《うず》く。じっとしていられなくなり、フィリーネは両脚を擦《こす》り合わせる。それに気づいたジェスライールの膝が、フィリーネのドレスの上から脚の間に差し込まれた。

脚の付け根にジェスライールの腿《もも》が当たると、フィリーネは思わずビクッとした。そこでハッと我に返る。

——やだ、人が見ているというのに……！

「で、殿下、こ、ここ、廊下……！」

ジェスライールの肩を思いっきり押しやると、彼の方も正気に戻ったのか、慌ててフィリーネから手を離した。

「……すまない。ついやりすぎた」

口元に手を当てて、ジェスライールが気まずそうに謝る。心なしか頬と耳がほんのり赤くなっていた。

「い、いえ、これはお芝居ですから……」

自分たちの行為を思い出すと急に恥ずかしくなって、フィリーネはうつむく。

「そうだね、芝居だった」

ジェスライールは苦笑すると、フィリーネの顔にうやうやしくベールを被せた。

「でもね、フィリーネ。たとえお芝居であっても、あんな姿を僕以外の人間に見せてはいけないよ」

「え？　あんな姿？」

「父上が母上を隠す気持ちが分かった気がする」

苦笑を浮かべたまま、ジェスライールは小さく呟く。

「は？」

「いや、なんでもない。そろそろ行こうか。もう充分に仲のよさを示せただろうし」

その言葉でフィリーネは、グローヴ国の間者がこちらを窺《うかが》っていることを思い出した。

——そうよ。これは本物の「番《つがい》」に見せかけるためのお芝居なんだから、なんの意味もないのよ。

それなのに自分ときたら、キスに溺れてぼうっとして、つい我を忘れてしまった。フィリーネの頬が羞恥《しゅうち》で真っ赤に染まる。ベールを被っているおかげでジェスライールには見えないのが幸いだ。

「そ、そうですね。行きましょう」

動揺を悟られないようになんとか声を絞り出すと、フィリーネは力の抜けた足を必死に動かした。でも、どうしても動きがギクシャクしてしまう。

ジェスライールはふっと笑みを浮かべると、そのあとを追ってきた。すぐに追いつき、フィリーネの肩に手を回して、まるで恋人同士のようにぴたりと寄り添う。

「可愛いなぁ、フィリーネは」

「なっ……！　と、とんでもないです！」

――こ、これも演技！　単なるお芝居なんだから！

そう自分に言い聞かせながらも、フィリーネは顔がますます赤くなるのを感じていた。

一方、仲むつまじい王太子夫妻の姿をじっと見ていた人々も、その場を離れて仕事に戻った。そしてジェスライールの目論見《もくろみ》通り、彼らの口から二人の様子が城中に伝えられ、「王太子殿下は番に夢中だ」という噂があっという間に広まったのだった。

＊＊＊

フィリーネがジェスライールに連れられて向かった場所は、主居館《しゅきょかん》という建物にある談話室だった。

薄緑色の壁に囲まれたその部屋は、豪華でありながら格式張っておらず、花や観葉植物が置かれてくつろげる空間になっている。

「お帰りなさいませ、殿下」

談話室に入ったフィリーネたちは一人の男性に迎えられた。

歳はジェスライールと同じくらいだろうか。肩先まである薄茶色の髪に、青と緑を混ぜたような色の瞳。背は高いが線は細く、女性的で美しい顔立ちをしている。身につけている服も軍服ではなく文官のものだった。

「人払いは済ませております。お茶の用意もすでにしてありますから、使用人も含めて誰かがこの部屋に近寄ることはありません」

フィリーネはその男性を見て、ふと既視感を覚えた。初めて会ったはずだが、なぜか見覚えがある気がしたのだ。

ジェスライールが微笑みながら男性に声をかける。

「クレマン。ご苦労様」

クレマンというのは、確か侍女リルカの兄の名だ。そして言われてみれば彼の髪や目の色、そして顔立ちまでもがリルカとよく似ている。

「フィリーネ。紹介しよう。こちらは僕の乳兄弟《ちきょうだい》にして右腕のクレマンだ」

「初めまして、妃殿下。私はジェスライール殿下付きの執務官を務めております、クレマン・アージェと申します」

クレマンは薄茶色の髪をさらっと揺らし、フィリーネに向かって頭を下げる。

「あなたはリルカの……」

「はい。リルカは私の妹です。妹と婚約者のジストともども、よろしくお願いいたします」

やっぱり、とフィリーネは思った。どうりで似ているはずだ。

「こちらこそ、至らないこともあると思いますが、よろしくお願いいたします」

フィリーネはペコリと頭を下げてから、一つ付け加える。

「できれば妃殿下ではなくて、名前で呼んでもらえると嬉しいです」

国王の宣言によって確かに王太子妃という身分になった。けれど、フィリーネは「妃殿下」と呼ばれても、それが自分のことだとはどうしても思えなかったのだ。だからリルカたちと同じように、クレマンにも名前で呼んでもらいたかった。

ところが返ってきたのはやんわりとしていながら、とても厳しい言葉だった。

「慣れてもらないと困りますよ、妃殿下。あなたはジェスライール殿下の番《つがい》であり、この国の王太子妃になったのですから」

「こら、クレマン」

ジェスライールがたしなめたが、クレマンはそれを無視した。

「それに、私ごときに頭を下げてはいけません。あなたは王妃陛下に次いで身分の高い女性。頭を下げていいのは国王陛下と王妃陛下、それにジェスライール殿下の前だけです」

「クレマン。フィリーネは社交界や宮殿での礼儀作法に慣れていないんだ」

「存じております。だからこそ早く慣れていただかなければ。今のまま田舎貴族丸出しの態度を取っていたら、妃殿下が周囲から侮《あなど》られることになります」

「す、すみ……」

とっさに謝ろうとしたフィリーネは慌てて言葉を呑み込んだ。ここで謝ってしまったら、さらにダメ出しされるだろう。

「……これからは気をつけます」

ぐっと奥歯を噛み締めながらフィリーネは顔を上げた。それを見たクレマンは、笑みを浮かべて頷く。まるで「よくできました」と言っているかのようだった。

――ひとまず、及第点はもらえた……のよね？

「クレマン。礼儀作法などは徐々に学べばいいことだ。僕らはフィリーネに感謝するべき立場だということを忘れるな」

ジェスライールがクレマンに厳しい口調で告げた。けれど、クレマンはケロリとした顔で言う。

「もちろん感謝しております。だからこそですよ。妃殿下がこの宮殿で生活していくためには必要なことですから」

平行線をたどりそうな二人の会話に終止符を打つべく、フィリーネはジェスライールの袖を引っぱる。

「殿下、いいんです。クレマンさんの言うことはごもっともですから」

「しかし……」

「厳しい言い方でしたけど、私のためを思っての言葉だってことは分かっています。むしろ、はっきり言ってもらえて感謝しているくらいです」

それはフィリーネの本心だった。今まで会って言葉を交わしたのは、フィリーネに好意的で、しかも彼女が偽りの番《つがい》であるということを知っている人ばかりだ。けれど、これから会う人間全てがそうとは限らない。

フィリーネは王太子に番として選ばれただけの、貧乏貴族に過ぎない。当然、反感を持っている者もいるだろう。フィリーネは王太子妃として、そんな連中とも渡り合っていかなければならない。下手にへりくだった態度を取ったら、侮られるに決まっている。

そしてフィリーネの評判はジェスライールの評判にも直結する。クレマンが苦言を呈《てい》するのも、おそらくそのことがあるからだろう。

「私、頑張ります。殿下のためにも」

フィリーネがそう宣言すると、ジェスライールは目を見張った。クレマンもおや？　という目でフィリーネを見る。

ジェスライールは嬉しそうに微笑むと、フィリーネの頬にそっと触れた。

「ありがとう、フィリーネ」

「殿下の人を見る目は相変わらず確かなようですね」

クレマンが感心したような口調で言う。

ややあってフィリーネから手を離しながら、ジェスライールがクレマンに告げる。

「ああ、そういえば、ネズミが出たようだ」

――ネズミ？　宮殿にネズミが？

言葉通りの意味に受け取ったフィリーネは首を傾げた。クレマンは片眉を上げて薄く笑う。

「おや。さっそく這《は》い出てきたわけですか。いるのは分かっていましたが、なかなか動きを見せないので尻尾を掴めなかったんですよね」

「謁見《えっけん》の間から主居館《しゅきょかん》に来る途中、柱の陰からこちらを窺《うかが》っている者たちがいて、その中に混じっているのが気配で分かった。どうやらフィリーネを探っているらしい」

「では、その時間に仕事を抜け出した者を調べればいいわけですね。見つけたらいかがしますか？」

「ひとまず泳がせておいてくれ。他にもっといるかもしれない」

「承知いたしました。それではさっそく手配します」

クレマンはジェスライールとフィリーネに頭を下げ、談話室を出ていく。

「すまない、フィリーネ。融通《ゆうずう》の利かないやつで」

クレマンの姿が消えたとたん、ジェスライールはフィリーネに向かって詫びた。フィリーネは笑って首を横に振る。

「いいえ。それにしても、殿下はあの方と話す時は少し雰囲気が違いますね。なんというか……遠慮がない感じ？」

ジェスライールはフィリーネの言葉に目を丸くしたあと、苦笑を浮かべた。

「そうかもしれないね。あいつとは生まれた時から一緒に育ってきているから、主従であると同時に親友でもある。だからこそ、遠慮なく接することができるんだ」

「そういう存在がいるのは羨《うらや》ましいです。私には友だちと呼べる人がいなかったので……」

領地に引っ込んでいたフィリーネには、同世代の知り合いがほとんどいない。領民とは仲がよかったが、彼らにとって自分は領主の娘だったから、友人と呼べるような関係にはなれなかった。

「では僕が君の友だちになろう。いや、なりたい」

ジェスライールは急にそんなことを言い出し、フィリーネの手を取って微笑んだ。

「え？」

「君を取り巻く状況は複雑だ。だからせめて、僕が腹を割って話せる友人になりたいんだ。……駄目かな？」

「私と殿下が、友人に？」

フィリーネは呆然とジェスライールを見上げる。ややあって、それはいい考えだと思って頷いた。

彼といい友人関係を築ければ、この先も上手くやっていけるだろう。

「よろしくお願いします。殿下」

「こちらこそよろしく、フィリーネ」

二人は笑みを浮かべて互いの手を握り合う。

まさか半日もしないうちに、友人関係を覆《くつがえ》すようなことが起こるとは、夢にも思っていないフィリーネだった。

＊　＊　＊

「ハハハ。宰相はほとんど何も伝えていなかったのだな」

国王がおかしそうに笑った。容姿だけでなく、言っていることもジェスライールにそっくりだった。国王と並んでソファに座る王妃が、夫を見上げてたしなめるように言う。

「笑い事ではありませんよ、陛下。いきなり結婚が成立して、フィリーネはどれほど驚いたことでしょう」

「そうだな。いや、悪かった、フィリーネ」

笑みを消した国王は、向かいに座るフィリーネをすまなそうに見る。フィリーネは慌てて首を横に振った。

「い、いえ、そんな。とんでもございません」

つい声が上ずってしまうが、それも仕方のないことだろう。国王夫妻と向かい合わせに座って会話をするという状況に、まだ慣れていないのだから。

あのあと、友人になった二人が和やかな雰囲気のままソファに座って話していると、国王と王妃、それに王弟のシェルダンが談話室に入ってきたのだ。

この場には家族しかいないので、国王は謁見《えっけん》の間で見せた態度よりもはるかに砕けた様子だ。王妃もベールを外して素顔を晒《さら》していた。

王妃ナディアは二十歳を過ぎた息子がいるとは思えないほど若々しく、知的な美しさを持つ女性だ。その黒髪も含めてジェスライールとは全く似ていない。けれど水色の瞳だけはそっくりで、やはり親子なのだと分かる。

「ジェスライールも、フィリーネがどこまで知っているかを確認して、ちゃんと伝えてあげるべきだったわね」

王妃にやんわりと叱られ、ジェスライールは苦笑した。

「すみません。その通りです」

ジェスライールも家族といると素が出るのか、気安い態度を取っている。両親とのやり取りはどこから見ても普通の親子で、フィリーネは少しだけ緊張がほぐれた。

――竜王の血を引く王族といえど、やっぱり家族との関係は普通の人間と変わらないのね。

国王も王妃もこうしていると普通の夫婦にしか見えなかった。そんな一家の様子を窓際の椅子に座って見ていたシェルダンが、くすくすと笑う。

「ふふ。普段は玉座で偉そうにしている兄上も、王子様然としているジェスライールも、相変わらず義姉上《あねうえ》には頭が上がらないね」

彼だけは謁見《えっけん》の時と、まるで態度が変わっていなかった。

『僕は堅苦しいのは嫌いでね。だから君も礼儀など気にしないで気楽に接してくれると嬉しいな』

先ほど改めて自己紹介し合った時に、そう言っていたのは嘘ではないらしい。また、国王もシェルダンについてこう言っていた。

『シェルダンは昔から王宮の窮屈《きゅうくつ》な生活を嫌っていてな。今でこそ落ち着いているが、昔はふらっと王宮を出ていっては何年も帰ってこなかった。まぁ、だからこそ外国の情勢に詳しいんだが』

十二年ほど前に帰国したシェルダンは、そのまま兄王の補佐につき、外交の手助けをしているのだという。今回グローヴ国が怪しい動きを見せているというのも彼が掴んだ情報らしい。

「さて、フィリーネ」

フィリーネがこの場に慣れてきたのを見計らい、国王が彼女を見つめながら口を開いた。

「こうして席を設けさせてもらったのは他でもない。まずはお礼と謝罪を、そして私の口から説明をしなければならないと思ったからだ」

「陛下？」

きょとんとするフィリーネに、国王は申し訳なさそうに告げる。

「このたびのこと、フィリーネには言葉で言い尽くせないほど感謝している。君の人生を狂わせてしまうことを大変すまないとも思っているんだ」

フィリーネは背筋を伸ばす。これだけははっきりと言わなければと思ったのだ。

「いえ、陛下。これは私が納得して選んだ道です。それに私の方こそ、キルシュ侯爵家を救っていただいたことへのお礼を言わなければなりません」

国王はフィリーネに罪悪感を抱いているようだが、彼女自身は人生を狂わされたなどとは思っていない。むしろ、キルシュ侯爵家を救ってもらって感謝さえしている。

あのままだったらキルシュ家の財政は早々に破綻《はたん》し、屋敷やその周辺の土地まで売らなければならなかっただろう。でも今は屋敷を修理してもらい、両親たちはお金の心配もすることなく生活できている。そのお礼として王太子妃を演じることくらい、フィリーネにとってはなんでもない。

「陛下。私のことはお金で雇ったとでもお考えください。私は国のためというよりキルシュ侯爵家を救うお金を得るために、王太子妃の役を引き受けたのですから」

「……なんとまぁ」

国王の青い目が驚きに見開かれた。

——もしや引かれてしまったかしら？　まぁ、打算的な女だと思われても仕方ないけれど。

そこでシェルダンがいきなり声をあげて笑った。

「ふふふ。面白いね。僕の義理の姪は正直者らしい。普通だったら国のためとか王族のためとか、それらしい御託《ごたく》を並べるところだろうに」

「そ、そうですよね」

フィリーネはやっぱり失敗だったかと首を竦《すく》める。その時、突然頭の上に誰かの手が置かれた。

驚いて見上げると、ジェスライールが笑顔でフィリーネを見下ろしている。

「僕は今、君を選んでよかったと思っているよ」

「へ？」

——意味が分からないわ。私がお金目当ての女だと知って、なぜそんなに嬉しそうなの？

「そうだな。悲痛な覚悟で『国のために』などと言われるより、よっぽどいい」

「ええ。ジェスライールはとても素敵な相手を選んだと思うわ」

国王も王妃もにこにこしている。フィリーネが戸惑っていると、シェルダンが笑いながら言った。

「兄上も義姉上《あねうえ》も君を気に入ったってさ。よかったね」

その「よかったね」という言葉に何か引っかかるものを感じて、フィリーネは思わずシェルダンを見つめる。けれどシェルダンの柔和《にゅうわ》な顔は、特に含みがあるようには見えなかった。

だがフィリーネの頭に手を乗せているジェスライールも、同じくシェルダンを見つめている。彼も何か引っかかるものを感じたのだろうか？

「ありがとう、フィリーネ。君のおかげで少し気が楽になったよ」

国王はそう言って小さな笑みを浮かべた。ところが、すぐに辛そうな表情に変わる。

「さっきも言ったが、ここに来てもらったのは、私自ら君に説明する必要があると思ったからだ。おそらく宰相は詳しい経緯を君に語ってはおるまい。だが、それは彼の怠慢《たいまん》ではなく、私を慮《おもんぱか》ってのことだろう」

「おじ様が陛下のことを慮って？」

「ああ。君は疑問に思わなかったか？　なぜジェスライールが『沈黙の森の魔女』に呪われるような事態になったのかと」

「それは……思いました」

フィリーネが正直に告げると、国王は驚くべきことを言った。

「全ての原因は私にある」

「え？」

――陛下がジェスライール殿下の呪いの原因？

フィリーネは目を大きく見開いた。国王は深い息を吐きながら頷く。

「そう、全ては私のせいなのだ」

「陛下……」

王妃が国王の片手をぎゅっと握る。国王はそれに応えるように王妃の手を強く握り返した。

「私は自分の番《つがい》に……つまりナディアに出会う前、一人の女性と恋に落ちた。その女性が、『沈黙の森の魔女』――ミルドレッドだ」

――陛下が「沈黙の森の魔女」と恋に落ちた……？

予想もしなかった言葉にフィリーネは驚く。その時、ふと脳裏にジストの言葉が蘇《よみがえ》った。

『番が見つかれば、その相手以外には見向きもしません。ですが、番を見いだす前はその限りではないのです』

そうか、とフィリーネは思う。国王はまだ王妃に会う前だったから、番でない相手と恋に落ちてしまったのだ。でも、そのあと王妃と出会って――

フィリーネは唇をきゅっと引き結んだ。

国王はおそらく王妃と出会い、魔女を捨てたのだろう。だから魔女は、国王の息子であるジェスライールを呪ったのだ。

「だが、父上は最初から彼女が魔女だと知っていたわけじゃない」

ジェスライールが補足する。

「十二年前に僕が呪いを受けるまで、父上はかつての恋人が『沈黙の森の巫女《みこ》』だとは知らなかったんだ」

「み、巫女？」

初めて聞く言葉にフィリーネは目を瞬《しばた》かせた。

「ああ。世間では魔女と呼ばれているけれど、本当は巫女なんだ。だから我々王族は彼女を『竜王の巫女』あるいは『沈黙の森の巫女』と呼ぶ」

これは国民には知らせていないことだけど、と前置きしてから、ジェスライールは「沈黙の森」の真実について語り始めた。

「我々王族と『沈黙の森』には密接な関係がある。なぜなら『沈黙の森』はこの国の初代国王、竜王グリーグバルトの墓所だからだ」

またもや衝撃的な事実を知らされて、フィリーネは目を丸くした。

「それは……竜王のお墓が『沈黙の森』の中にある、ということですか？」

「いや、森そのものが墓なんだ。竜王グリーグバルトの」

かつてこの世界の頂点に立っていたと言われる竜族。彼らは自然を自在に操り、長い寿命と強靭《きょうじん》な身体、それに強大な魔力をもって世界に君臨していた。

ところが繁殖の難しさから、彼らは次第に数を減らし、ついには絶滅寸前にまで陥る。その最後の王がグリーグバルトだ。

番《つがい》を求めて世界を放浪していたグリーグバルトは、やがてこの地に降り立ち、人間の娘と巡り会った。それが彼の番である初代王妃だ。

グリーグバルトはその娘の住む土地に留まり、荒れ果てていた大地は竜王の力によって肥沃《ひよく》な土地へと変わっていく。竜に守られた土地は旱魃《かんばつ》も洪水も起こらなかった。

その恵まれた土地を求めて、グリーグバルトたちのもとには大勢の人間が集まり、国家を形成していった。それがこのグリーグバルト国の始まりだ。

グリーグバルトと王妃の間には子どもが生まれ、その子どもが竜族の力でさらに国土を富ませた。その結果、ますます国は大きくなっていったのだ。

竜王グリーグバルトは番を失ったあともこの地に留まり、国を統治し続けていたという。だが、長い竜族の寿命にもいつかは終わりが訪れる。

折りしもその当時、北の隣国――今のグローヴ国が、豊かなこの国を攻め落とさんと狙っていた。そんな中で死期を悟ったグリーグバルトは、北方の国境線に森を作り、そこで永遠の眠りについたのだという。自分の墓所となるその森を守る者を指名して――

「それが巫女だ。彼女たちの役目は森に満ちる竜王の力を使い、結界を張り巡らせ、グリーグバルトの墓所を守ること。それが結果的に国を守ることにも繋がっている。三方を海に囲まれたわが国を陸から攻め落とそうとするなら、かならず北にある森を越えなければならないからね」

「ええ」

北の国境線に沿って細長い森があるグリーグバルト国の地図。それを思いで浮かべながらフィリーネは頷く。

「そして『沈黙の森』と巫女《みこ》を、邪《よこしま》な考えを持つ人間の手から守るために、魔女の噂がわざと流されたんだ。森には恐ろしい魔女がいると噂されれば、むやみに近づく人間はいなくなるからね」

墓所を守るために、森全体に張られた竜王の結界。王族以外の人間が中に入れば必ず迷い、もし出られたとしてもとんでもないところに飛ばされてしまう。人々はそれを巫女の仕業だと信じ、森を畏怖《いふ》するようになった。

だから「沈黙の森の巫女」は「魔女」と呼ばれ、恐怖の対象として語り継がれているのだ。

「巫女は基本的に一人だが、国王と同じように代替わりしている。巫女に選ばれる基準も時期も不明だが、過去に王族の番《つがい》になった巫女がいてね。彼女によると、ある日突然森に選ばれ、そして突然お役御免になるそうだ」

「過去に魔女……いえ、巫女が王族の番になったことがあるのですか？」

フィリーネが驚いてジェスライールを見上げると、彼は頷いた。

「ああ。他にも例があるし、おそらく巫女であることを公《おおやけ》にしなかった番もいただろう。人々から恐れられている以上、巫女は巫女であることを知られたくないものだ」

そこで、今まで黙っていた国王が口を挟んだ。

「巫女と一口に言っても、それぞれ人格も生活の仕方も違う。森に移り住んで竜王の墓所を守る巫女もいれば、巫女であることを隠し一般人に紛《まぎ》れて生活する巫女もいる。森と深く繋がっている巫女にとって、距離は問題じゃないんだ。どこにいようと彼女たちには森で起こっていることが分かるし、一瞬にして森に移動することもできる。……今思えばミルドレッドも、巫女であることを隠して生活していたのだろうな」

ミルドレッド。

さっきも国王の口から出た名前だ。その女性が、おそらくジェスライールに呪いをかけたのだろう。現にその名前を聞くたびに、国王の隣で王妃が辛そうに目を伏せていた。

「もう二十五年以上も前になるか。当時私は番を見つけられず、また番というものを信じてもいなかった。正直に言って、竜族にとっての番の重要さをよく理解できていなかったのだ。その結果、ミルドレッドを酷《ひど》く傷つけることになった」

国王は少し遠い目をして続ける。

「グローヴ国との戦争が一段落し、ようやく国が落ち着きを取り戻した頃だった。番を見つけるための舞踏会やら夜会だのに辟易《へきえき》した私は、こっそり身元を隠して街に下りては、うさ晴らしをしていた。そんな時、ミルドレッドと出会ったのだ」

お忍びの王子と街の娘が出会い、恋に落ちる——。物語ではよくある話だ。けれど、現実は少し違っていたという。

ミルドレッドは貴族の娘だったが家は没落し、街の花屋で働いていた。一方のジークフリードは竜族の血を引く王太子。それにミルドレッドが自分の番《つがい》でないことは、出会ってすぐに分かった。だからこそ、街に下りて顔を見かけるたびに、気軽に声をかけられたのだ。ジークフリードにとってミルドレッドは、あくまで友人の一人だった。

けれどミルドレッドの方は違う。見目麗《みめうるわ》しい青年から親しげに声をかけられ、彼を好きになるのにそう時間はかからなかった。

「彼女から想いを打ち明けられた時、私は自分の軽率さに初めて気づき、罪の意識を覚えたよ。それで身分を明かし、やがて出会う番のためにも、その想いには応えられないと言ったんだ。けれどミルドレッドは……」

そこで一度言葉を切り、国王は辛そうに顔を歪めた。

「番が現れるまでの間だけでいいから自分を傍《そば》に置いてほしい。ミルドレッドはそう言った。私はその熱意に絆《ほだ》されて、彼女の想いに応じてしまったんだ」

おそらく、彼の中には番探しを強要する周囲への反発もあったのだろう。番と出会っていなかった彼が、まだ見ぬ伴侶《はんりょ》より自分に好意を持ってくれる女性を優先してしまうのも仕方のないことだった。

「私たちは恋人になった。付き合っていくうちにミルドレッドへの愛情が芽生え、このまま番が見つからなければ、彼女と跡継ぎを……そう考えるまでになった。その矢先だ。外交官の父親と共に城にやってきたナディアと出会ったのは」

国王は手を伸ばし、隣にいる王妃の肩を抱き寄せた。

「ナディアを見た瞬間、すぐに番だと分かった。世界は彼女一色に染まり、飢餓感《きがかん》を覚えた。竜族にとっての番がどういう存在なのか、そこで初めて理解できたのだ」

「陛下……」

王妃が小さく呟いて目を伏せる。その表情は決して嬉しそうではなく、むしろとても辛そうだった。

「私は父に番を見つけたと報告し、その足でミルドレッドに会いに行き、そして別れを告げた――」

国王から別れを告げられたミルドレッドがどういう反応をしたのか、フィリーネには手に取るように分かった。

彼女はおそらく泣き叫んだりすることなく静かに受け止めたのだろう。なぜなら、最初から承知していたことだったから。それでも傍にいたいと言ったのは彼女自身だったから。

そんなフィリーネの予想はやはり当たっていた。

「ミルドレッドは泣きそうな顔で、それでも笑って承知してくれた。こうなることは分かっていたから、と言って。……それがミルドレッドを見た最後だった。そのうち風の噂でミルドレッドが店を辞め、国を出たと聞いた。彼女が他の男性と出会い、幸せになることを心から願ったよ」

でも、そうはならなかったのだろう。他の男性と結ばれ幸せに暮らしていたら、十年以上もあとになって国王の息子に呪いをかけるわけがない。それほど彼女の想いは深くて重いものだったのだ。

想像すると胸が苦しくなり、フィリーネは思わず手で胸元を押さえた。

「その後、私はナディアと結婚して父王の跡を継いだ。一年後にはジェスライールを授かり、ミルドレッドのことはあまり思い出さなくなった。それなのに、まさか十二年も経ってから、ジェスライールが私の愚行の代償を払うことになるとは……」

震える声で呟くと、国王は片手で顔を覆《おお》った。

「……兄上、起こってしまったことを嘆《なげ》いても始まりませんよ。今はそれよりも大事なことがあるはずです」

黙って国王たちの話を聞いていたシェルダンが静かな声で諭《さと》した。

「ああ、そうだな……」

「陛下……」

王妃が慰《なぐさ》めるように国王の胸に寄り添う。ジェスライールは重苦しい雰囲気を振り払うように、明るい声でフィリーネに話しかけた。

「知ってるかい？　竜族にとっての一年は人間の暦《こよみ》では十二年になるんだ。それゆえ、僕ら王族は十二年に一度、誰かが国王の名代として竜王グリーグバルトの墓所へ参拝する決まりになっている。二十四年前はたまたま王宮にいたシェルダン叔父上が『沈黙の森』へ赴《おもむ》いた。そして十二年前は僕が父王の名代として出かけたんだ」

フィリーネはハッとした。

「その時に魔女の……いえ、巫女《みこ》の呪いを？」

「ああ。でも、僕はその時のことはあまりよく覚えていないんだ」

ジェスライールによると、森へは必要最低限の護衛だけを伴って密かに訪れたらしい。巫女と森の秘密を守るためには、王族が出入りしているのを民に見られてはならないからだ。

「僕は墓所の手前で護衛たちを待機させ、一人の護衛だけを連れて中へと足を踏み入れた。本来は王族が一人で入る決まりなんだけど、その護衛だけはどうしても僕の傍《そば》を離れたくないと言ってね。僕は彼と一緒に墓所に入り、そこで灰色のフードを被った人間と出くわした」

「巫女……？」

「ああ。フードを深く被っていたから顔は分からなかったが、すぐに彼女が巫女だと分かったよ。森の深部に入れるのは王族と巫女だけだからね。話しかけると、言葉少なに答えてくれた。……そう、その時は巫女にも敵意はなかったんだ。それは断言できる」

様子が変わったのは、巫女に両親のことを聞かれたジェスライールが、それに答えたあとだという。

「僕は両親がどんなに仲がいいか、父がどんなに母を愛しているかを語った」

「そ、それは……」

フィリーネが顔を引きつらせると、ジェスライールは苦笑いを浮かべた。

「王族と番《つがい》が上手くいっているのはいいことだから、巫女も喜ぶだろうと思っていたんだよ。でも相槌《あいづち》を打つ彼女の声は心なしか震えていて、僕はようやくおかしいと思い始めた――」

そこでジェスライールは言葉を切る。

「……それで？」

フィリーネが先を促《うなが》すと、ジェスライールの口からため息まじりの言葉が零れた。

「覚えていないんだ。たぶん、直後に巫女《みこ》の術――つまり呪いを受けて、その衝撃で前後の記憶が吹っ飛んでいるんだと思う」

「覚えていない？」

「ああ。覚えているのは断片的なことばかりだ。巫女はフードを外し、赤みがかった金髪を振り乱して、泣きながら叫んでいた。僕は激しい頭痛と襲いかかってくる圧倒的な『力』に抗《こう》しきれず、意識を手放したんだ。でも気を失う寸前、護衛が剣を抜いて巫女へ向かっていくのが目に入った。止めようと思ったけど、僕はそのまま意識を失い、そして……」

ジェスライールは少し掠れた声で続ける。

「異変に気づいたジストたちが墓所に踏み込んだら、そこには気を失った僕と、切り裂かれて血の海に沈んだ護衛、そして護衛のものではない大量の血痕《けっこん》が残されていたらしい」

フィリーネは息を呑む。

「……その時、巫女の姿は？」

「なかったそうだ。ただ、残された血の量から考えるに、死んでいてもおかしくない。おそらく護衛と刺し違えたのだろう。亡くなった護衛はジストの叔父で、僕らの剣の師であり、幼い頃からずっと僕を守ってくれていた……。僕は彼を伴うべきではなかった。僕の判断ミスのせいで巫女は姿を消し、大事な人も失ってしまった……」

顔を歪めるジェスライールの手を、思わずフィリーネは握った。

「殿下のせいじゃありません」

「そうとも、ジェスライールのせいではない。全ては私のせいだ」

国王が口を挟む。彼も辛そうに顔を歪めていた。

「ジェスライールから巫女のことを聞いた瞬間、すぐにミルドレッドだと分かった。赤みがかった金髪に緑色の瞳。私が覚えているミルドレッドそのものだ。私は息子が犠牲になったことで、自分の罪をようやく思い知った。彼女は私を許してはいなかったのだと……」

「陛下だけのせいではありません。私の存在こそが彼女の苦しみの原因なのです、陛下」

王妃が悲しそうに言う。するとフィリーネの手の下でジェスライールの手がぎゅっと握り締められた。

「そして僕のせいでもある。僕が呪いを受けたのは、ある意味自業自得なんだ」

「そんな……」

フィリーネからすれば、ジェスライールの罪などほとんどないように思える。けれど、責任感の強いジェスライールは、護衛の死は自分のせいだと考えてしまうのだろう。

不意にシェルダンが厳しい声で告げた。

「三人とも。過去は過去ですよ。何度も言いますが、今はそれよりも大事なことがあるはずです。そもそもまだ彼女に説明している途中じゃないですか」

ジェスライールが顔を上げて小さく笑う。

「そうですね。その通りだ。フィリーネ。僕が巫女に呪いをかけられた経緯は今話した通りだ。でも、初めはその呪いがなんなのかよく分からなかったんだ。巫女の術を受けたのは確かだし、力の一部が封じられているような感覚はあったけれどね。しばらくして、巫女《みこ》が叫んだ言葉を思い出した時にようやく理解したんだ。彼女が封じたのは番《つがい》を感知する本能だということをね」

「巫女は……一体なんと叫んでいたのですか？」

「『二度と番とは会わせないわ』と言っていた」

「二度と？　どういうことですか」

フィリーネは首を傾げる。

「一度目は父上のことだろう。巫女は父上が番と出会ったことで、身を引かなければならなかった。だから二度目……僕が番を見つけるのを妨害することで、父上と母上に復讐したかったんだと思う」

「そういうことですか……」

王族にとって番を得ることは、竜族の血に根ざした本能なのだという。逆に言えば番が分からないということは、おそらく王族にとってはかなり辛いことなのだろう。

「呪いを解くことはできないのですか？　殿下たちはあんなにすごい力をお持ちなのに？」

謁見《えっけん》の間で見た彼らの「力」はすごかった。あのような力があっても巫女の呪いを解くことはできないのだろうか？

ジェスライールが首を横に振った。

「残念ながら巫女の呪いは巫女にしか解けない。竜王の力を使うことができる巫女は森においては最強だ。代を重ねて血が薄くなっている王族をはるかに凌《しの》ぐ」

「そうなのですか……」

フィリーネはうなだれる。そこで不意に国王が口を開いた。

「ただ、呪いを解く方法がまったくないわけじゃない」

その言葉でフィリーネはコール宰相の顔を思い出す。確か、彼も同じようなことを言っていた。

「その方法とはなんですか？」

「巫女の呪いは同じ巫女になら解ける。ミルドレッドは生死も消息も不明だが、巫女というのはいずれ代替わりするものだ。つまり、ミルドレッドの跡を継ぐ巫女を見つけることができれば……」

「呪いを解いてもらえるわけですね？」

フィリーネが思わず身を乗り出して言うと、国王が微笑みながら頷いた。

ミルドレッドは国王一家に恨みを持っているが、次代の巫女も王族に恨みがあるとは考えにくい。頼めばきっと呪いを解いてくれるだろう。

「ただ、代替わりをしたかどうかすら、はっきりしていないからな。調査はさせているものの、いつ終わるかは分からない。加えてグローヴ国が不穏な動きを見せていることもあって、ジェスライールの番が今すぐ必要になったのだ。できればフィリーネを巻き込みたくはなかったが……我々に残された時間が少ないこともあってな」

「残された時間？」

フィリーネは思わず聞き返した。グローヴ国との開戦まで時間がないということだろうか？

そう思ったが違うらしい。国王が重々しい声で言う。

「ああ。これも一部の者しか知らないことだが、王族は番《つがい》を得られなければ――」

「父上」

国王の言葉をジェスライールが遮《さえぎ》った。

「それは翡翠宮《ひすいきゅう》に帰ったあと、僕の口から説明します」

「そうか？　まぁ、そうだな。お前の口から直接言うのがよかろう」

少し安堵したような国王の表情から、彼がそれを言いたくなかったことが窺《うかが》える。

――もしかして、番を得られなければ王族は死ぬ……？

急に浮上したその考えを、フィリーネは慌てて振り払った。勝手に憶測するわけにはいかない。

詳しいことはジェスライール本人が説明してくれるはずだ。

「そろそろ僕たちは翡翠宮に引き上げます。父上も叔父上も次の公務があるでしょうし」

ジェスライールはソファから立ち上がった。フィリーネも慌てて立ち上がる。

「そうだな。やれやれ、もう少しのんびりナディアと過ごしたいものだが……」

「よく言いますよ。義姉上《あねうえ》と過ごしたいがために、しょっちゅう僕とジェスライールに公務を押しつけているくせに」

シェルダンは呆れた顔でため息をつく。

「でも、これから二ヶ月間は自重してくださいよ。ジェスライールは表向きには蜜月に入るんですから」

「分かっているとも」

国王はジェスライールを見上げてにやりと笑った。

「二ヶ月間だぞ、ジェスライール。その間、公務はできるだけ減らすから、せいぜい励むことだな」

「下品ですよ、父上」

フィリーネの頭にベールを被せながら、ジェスライールは眉をひそめる。国王の言葉の意味が分からずフィリーネは首を傾げた。

「二ヶ月？　蜜月？」

王妃がくすくすと笑いながら教えてくれる。

「新婚期間のことですよ。フィリーネ。王族が結婚すると普通は寝室にこもりっぱなしになるから、二ヶ月間は公務を入れないことになっているの。番もこの期間中は公務に出なくていいので、ゆっくり時間をかけて王宮に慣れることができるわ」

「まぁ、実際は一日の大部分を寝室で過ごすことになるがな」

国王は意味ありげに笑ったあと、急に真面目な顔をした。

「次に我々が公《おおやけ》の場でフィリーネと会えるのは、二ヶ月後ということになる。もちろん私的に会いに行くことはできるが、私やシェルダンが翡翠宮に行くのは控えた方がいいだろう。二人とも別に番がいるとはいえ、男性だからな」

「ええ、そうですね。ジェスライールに恨まれては困るので、よほどのことがない限り翡翠宮には近寄らないようにしますよ」

フィリーネはベールに包まれた顔をシェルダンに向けた。

「そういえば、シェルダン殿下の番《つがい》はどなたなのですか？」

キルシュ侯爵領にいた時には、王弟の話もその妻の話もほとんど聞いたことがない。

しばしの沈黙のあと、シェルダンはふっと影のある笑みを浮かべた。

「僕の番はもう十年以上も前に亡くなっている」

「……え？」

目を見開くフィリーネを他所《よそ》に、シェルダンは胸に手を当てて、そっと紫色の目を伏せる。

「フィリーネ。ここにいるのはね。魂の伴侶《はんりょ》を失い、半分死んでいる男なんだよ——」

第三章　竜の番

「悪いことを聞いてしまったわ……」

ジェスライールと共に廊下を歩きながら、フィリーネは落ち込んでいた。知らなかったとはいえ、シェルダンの心に土足で踏み込むような真似をしてしまったのだ。

「叔父上の番のことは、一般の国民には知られていないからね。それに王宮でもなんとなく口にするのがタブーになっているから、君が知らないのも無理はない。気にしなくていいよ」

「でも……」

――半分死んでいるだなんて。

そんなことを言わせてしまった自分に、フィリーネは怒りを覚える。

「シェルダン殿下の番はご病気だったのですか？」

「ああ、病で亡くなったと聞いている。ミリィという名前だったそうだよ。実は僕も叔父上の番には会ったことがない。父上もね。この王宮の誰も会ったことはないと思う」

「誰も会ったことがない？」

フィリーネはびっくりして足を止めた。

「ああ。叔父上が外国を放浪していた時に見つけたそうだ。でも王宮に住むのは色々煩《わずら》わしいという理由で、彼女を連れ帰ることなくそのまま外国で暮らしていた。そして十二年前だったか、番《つがい》が病気で亡くなって叔父上だけ帰国したんだ。その後は番を亡くした寂しさや、僕の呪いのこともあって、叔父上は国に留まっている」

「そうだったんですか。王族が番を亡くすって、とても大変なことなんでしょうね……」

「ああ。想像を絶する苦しみだと思う。運命の伴侶《はんりょ》だからね。叔父上が言っていたように、半分は死んでいるような気持ちなんだろう」

「そうですよね……」

やっぱりあんなこと不用意に聞くんじゃなかった。フィリーネはますます落ち込む。

「君が気にする必要はない。叔父上も別に気を悪くしてはいないと思うよ」

「だといいのですが……」

次に会うのはいつになるか分からないが、その時はシェルダンに謝ろう。そう思っているうちに、二人は翡翠宮《ひすいきゅう》に到着した。

＊＊＊

「まぁ、お似合いですわ、フィリーネ様！」

パチンと両手を胸の前で合わせ、リルカが満面の笑みを浮かべる。

「そ、そう？」

フィリーネは顔を引きつらせながら自分の姿を見下ろした。

肌触りのいいサテン生地に、繊細なレースで縁取《ふちど》りされた夜着。肌にぴったり張りつき、フィリーネの丸みを帯びた身体の線を強調している。丈は短く、膝を隠すほどの長さもない。袖もなく、レースの紐だけで吊られていた。

恐ろしく扇情的《せんじょうてき》な夜着に、フィリーネはたじろぐ。

「これ、なんかおかしくないかしら？」

リルカと他の侍女たちに強制的に身体を洗われ、香油を塗り込められたあと、この夜着を着せられた。フィリーネは拒否したのに、着るものはこれしかないと言われたのだ。

「おかしくなんかありませんわ！　とても素敵です！　用意した甲斐がありましたわ！」

ぐっと拳《こぶし》を握って力説するリルカに、フィリーネは胡乱《うろん》な目を向ける。

――何が「着るものはこれしかない」よ。

昨晩用意してくれたシンプルな夜着は洗濯中だという。だが、王太子妃に用意されている夜着が一枚や二枚のわけがない。要するにリルカたちは今晩、この服以外フィリーネに着せるつもりはないのだ。

「清楚でありながら、官能的なデザイン。お針子たちはいい仕事をしてくれましたわ」

「……」

もう諦めよう。別に寝るだけなのだから、服にこだわる必要はない。フィリーネはため息をつきながら、大人しく寝室へと向かった。

それほど広くない部屋の大部分を占めるのは、真ん中にどっしりと鎮座した天蓋《てんがい》付きのベッドだ。昨夜到着した時は具合の悪さもあって気にしなかったが、実家で使っていた粗末なベッドと比べると、あまりに豪華すぎて気後《きおく》れしてしまう。

この服といい、このベッドといい、フィリーネは熟睡できる気がしなかった。

「そういえば、殿下はまだ公務なの？」

フィリーネがベッドに向かいながら尋ねると、リルカは手にしていたランプをベッド脇の小さなテーブルに置いた。

「はい。食事も執務室のある主居館《しゅきょかん》の方で取られたそうです」

「遅くまで大変なのね」

ジェスライールはフィリーネを翡翠宮《ひすいきゅう》まで送り届けると、その足ですぐ公務に戻っていった。夕食くらいは一緒に取れるかと思っていたが、夜になっても翡翠宮には戻ってこない。

「本来なら蜜月中は公務も入らないのですが、今はグローヴ国とのことがありますからね。元帥《げんすい》の地位にある殿下が完全に休むのは難しいようです」

「そうよね……」

寝る前にせめてお休みの挨拶《あいさつ》くらいはしたかったのだが、そういう事情なら仕方ない。

「大丈夫です。殿下なら必ず戻ってきます！　何しろ今夜は気合を入れて準備しましたもの」

再びぐっと拳《こぶし》を握るリルカ。

「は？」

言っている意味がまったく分からず、フィリーネは首を傾げた。準備というのがフィリーネを初夜へ送り出す準備のことを指しているなどとは、ちらりとも頭に浮かばなかった。

リルカはテーブルに置かれたランプ以外の灯りを全て消し、紺色のスカートの裾を持ってちょこんと頭を下げる。

「それではお休みなさいませ、フィリーネ様」

「お休みなさい、リルカ。また明日もよろしくね」

リルカが寝室の扉から出ていくのを見送ったあと、フィリーネは大人しくベッドに入った。


フィリーネはベッドに横たわったまま、ぼんやりと天蓋を見上げていた。

「こんな服では、落ち着いて眠れやしないわ」

寝返りを打ちながらそんなことを呟く。けれど、眠れないのは扇情的《せんじょうてき》な夜着のせいだけではない。

昼間聞かされた話が頭にこびりついて離れないせいでもあった。

ミルドレッドのやったことは間違っていると思うし、とても褒《ほ》められることではない。でも、「番《つがい》を見つけたから別れてくれ」と言われた時のミルドレッドの気持ちを考えると、フィリーネは胸が苦しくなった。

――それはきっと自分の今の立場が、ミルドレッドとよく似ているからだろう。

そう思い至った瞬間、フィリーネは首を横に振り、上掛けを口元まで引き上げる。

「やめやめ。私と彼女は違うわ。だって……私は殿下に恋しているわけじゃないもの。殿下だって私がたまたま王族の血を引いていたから選んだだけ。殿下の呪いが解けて番《つがい》が見つかったら、私は喜んで身を引くわ」

口にして確かめたことで気持ちがすっきりした。これで眠れるだろうとフィリーネは目を閉じる。

それからどのくらい経っただろうか。少しうとうとしていたフィリーネは、寝室に人が入ってくる気配を感じ、ハッと目を開けた。

――こんな時間に誰？　リルカ？

フィリーネは身を起こし、静かに近づいてくる人物の方に目を凝《こ》らした。

すると、薄明かりにぼんやりと見知った顔が浮かぶ。

「……殿下？」

それはジェスライールだった。軍服は身につけておらず、ブラウスとトラウザーズという至ってシンプルな服装をしている。

「ああ、すまない。起こしてしまったみたいだね」

ジェスライールの顔には申し訳なさそうな笑みが浮かんでいた。

「いえ、それはいいのですが……あの……」

なぜこんな時間にジェスライールが来たのか分からず、フィリーネは戸惑う。

「お休みのご挨拶《あいさつ》をしに、わざわざここまで……？」

夜更けに部屋を訪れる理由が他に思い浮かばなかった。

そんな彼女を見て、ジェスライールは苦笑する。

「ここは僕の寝室でもあるんだよ」

「――え？」

フィリーネの口がポカンと開いた。

――殿下もここで休むってこと？　同じベッドで？

唖然とするフィリーネに、ジェスライールはいたずらっぽく問いかける。

「番を得た王族が、別々の寝室で休むと思うかい？」

「……あっ。いや、あの、その……」

その点についてまったく考えていなかったフィリーネは、動転してしどろもどろになった。けれどよく考えれば分かったことだ。番に対して並々ならぬ執着を見せる王族が、番と別々に寝るわけがない。ましてや、ここは王太子がその番と住むための宮殿なのだ。

「君、そのことを一度も考えなかったし、気づいてもいなかっただろう？」

クスクス笑いながら、ジェスライールはベッドの脇に立ってフィリーネを見下ろした。水色の瞳が楽しそうに煌《きら》めいている。

「あ、あの、その……はい」

自分の迂闊《うかつ》さを呪いながらフィリーネは頷いた。

リルカがこんな夜着を用意したのも、今日が二人にとって初夜に当たるからだろう。そのことに思い至って初めて、フィリーネは内心自分を罵《ののし》った。

――私の馬鹿！　よくよく考えなくても、こんな広いベッドが一人用のはずないじゃない！

「できれば一人で休ませてあげたいが、寝室が別だと知られたら、本当に番《つがい》なのかとみんなに疑われてしまう。申し訳ないけれど、しばらくは一緒のベッドを使わせてもらうよ」

「わ、分かりました」

そう返事をしたとたん、急に自分の格好を意識してしまい、フィリーネは上掛けで胸の前を隠す。けれど、肩や背中はむき出しのままで、ジェスライールの前に無防備な姿を晒《さら》していることには気づいていなかった。その素肌が灯りに照らされてほのかに光っていることにも。

ジェスライールはフィリーネの白い肌から気まずそうに目を逸らし、ベッドの縁《ふち》に腰を下ろした。

「もちろん、今すぐ王太子妃としての役目を果たせなどとは言わないよ。幸いベッドは広いから、二人で寝ても充分余裕がある。それでも君が気になるのなら、僕は床で寝てもいい」

——王太子を床で眠らせるですって？　なんて恐れ多い！

フィリーネは思わず身をぐっと乗り出した。

「とんでもない！　殿下を床に寝かせるくらいなら、私が床で寝ます！」

「君を床に寝かせるなんて、それこそできな……」

不意にジェスライールの言葉が途切れる。ハッと目を見開いた彼は、片手で鼻を覆《おお》ってフィリーネを見た。

「この香り……もしかして香油を塗った？」

「え、ええ。リルカが必要なものだと言って、身体に塗り込めて……」

フィリーネが素直に答えると、ジェスライールは苦虫を噛み潰したような顔になった。

「リルカめ、余計なことを……」

「あ、あの、殿下？　この香油が何か？」

「その香油は、王家に伝わっている秘伝の香油だ。いくらリルカでも簡単に手に入れられるわけがないから、おそらく父上か母上が彼女に渡したのだろう」

「王家に伝わっている秘伝の香油……？」

思わず腕を鼻に近づけて匂いを嗅《か》ぐ。香り自体はキツくない。ほんの少し甘い香りがするだけだ。

「竜の血を引いているせいか、僕らは普通の薬が効きにくい。だから王家には竜族に効く特殊な薬がずっと受け継がれている。この香油もそのうちの一つだ。催淫剤《さいいんざい》や媚薬《びやく》のような効果がある」

「催淫剤や媚薬⁉」

仰天《ぎょうてん》するフィリーネに、ジェスライールは顔を歪めながら答える。

「これは番を見つけられない王族に対して使われてきた香油だ。ちょうど今の僕みたいな。くっ……」

ジェスライールは何かに耐えるように奥歯を食いしばり、身体をくの字に曲げた。

「殿下！」

フィリーネはとっさに近寄ってジェスライールに触れる。たった今、自分の身体に塗り込められた香油がとんでもない効能を持つと聞いたばかりだったのに。

「大丈夫ですか？　今、人を呼びに――」

その言葉を最後まで発することはできなかった。フィリーネの視界がぐるりと回り、背中から白いシーツの波に沈んだからだ。

「――――え？」

自分の状況を把握するのに、フィリーネはかなりの時間を要した。ジェスライールに押し倒され、上にのしかかられている。

「……で、殿下……？」

自分を見下ろす彼の顔を呆然と見つめる。フィリーネの両手はジェスライールの手でシーツに縫いとめられ、まるで動くことができない。

ジェスライールの水色の目には、熱っぽい光が浮かんでいた。さっきまで楽しげに煌《きら》めいていた瞳が、今は表情を変えてフィリーネに向けられている。

ジェスライールはフィリーネの首元に鼻を寄せ、そっと囁《ささや》いた。

「甘い、香りだ」

その掠れた声に、ざわりと肌が粟立《あわだ》つ。

「あ、あの、殿下？」

「この香油はね、フィリーネ。主に番《つがい》を持たない王族が、跡継ぎをもうけるために使うんだよ」

「あ、跡継ぎ？」

「ああ。たとえ番を見つけられなくても、竜族の血を次代に受け継ぐ義務があるからね。……さて質問だよ、フィリーネ。王太子妃の重要な役目は何か、知っているかい？」

「それは……」

これだけ仄《ほの》めかされれば、さすがのフィリーネにも分かる。王太子妃の重要な役目の一つは、王太子の子ども——つまり跡継ぎになる男児を産むことだ。

でも、それは本物の番の役目であって、かりそめの番であるフィリーネには関係ない。

「今日は僕たちの初夜だ。リルカは君が僕の子どもを身ごもるのを期待して、香油を君の身体に塗り、こんな扇情的《せんじょうてき》な夜着を着せたわけだ」

フィリーネの首元でジェスライールがクスクス笑う。肌に触れる吐息と髪の毛のくすぐったい感触に、フィリーネの背筋がぞくっとした。

「ちょ、ちょっと待ってください！　私は偽物の番ですし、王太子妃になったのだって、ただのお芝居……」

そこで言葉が途切れたのは、あることに思い至ったからだ。

フィリーネはジェスライールの番が見つかるまでの、かりそめの番。だからこそ初夜のことなど気にしていなかったし、ジェスライールが寝室に来るなどとは夢にも思っていなかった。

でもよくよく考えてみれば、宰相からの要請は「王太子妃になってくれ」というものだ。偽の番を演じろとは言われたが、偽の王太子妃を演じろとは言われなかった。

そして今日、国王の名のもとに婚姻は成立した。番でなかろうがなんだろうが、フィリーネはジェスライールの妻であり、それは覆《くつがえ》せない事実になってしまっている。

つまり王太子妃であるフィリーネには、ジェスライールの子どもを産む義務があるのだ。

「……私が、こ、子どもを……」

おそらくフィリーネが跡継ぎを産むことを期待しているのは、リルカだけではないのだろう。だからこそ、国王たちもまた、フィリーネがジェスライールの子どもを身ごもることを期待している。

国王は昼間「君の人生を狂わせてしまう」と言っていたのだ。

知らなかったのは、いや、気づかなかったのはフィリーネ本人だけ。

——あの狸《たぬき》め……！

フィリーネは奥歯をギリギリと噛み締めた。

コール宰相はフィリーネに跡継ぎのことなど一切言わなかったし、仄《ほの》めかしもしなかった。子どもを産むことまで求められると知ったら、フィリーネが絶対承知しないと分かっていたからだろう。

——確かに私は、お金に目がくらんで王太子妃になることを承知した。でも、子どもを産むのはまた別の問題だわ！

ひとまず狸を締め上げるのはあとにして、今はこのきわどい体勢をどうにかすべきだろう。そう考えたフィリーネは、ごくりと唾を呑み込み、ジェスライールに訴えた。

「で、殿下。あの、私、そんなこととは知らなくて、その……」

「うん。コール宰相から何も知らされていないのも、君は跡継ぎのことなどまるで考えていなかったのも知っている。さらに別の理由もあって、僕は君には手を出すまいと決めていたんだけれど……」

「……けれど？」

「気が変わった」

「ええ!?」

フィリーネの顔から、さぁっと血の気が引く。

「で、殿下、ちょっと待ってください。それは香油のせいです！　私、この香油を湯殿で落としてきますから、手を放してください！」

フィリーネは慌てて言った。ところがジェスライールは手を放すどころか、顔を上げてふっと笑う。

「この香油はね、体温が上がればそれだけ強く香るんだ。少し香りが強くなってきたのが、君にも分かるんじゃないかな？」

その言葉で、フィリーネは妙に甘い香りがあたりに立ち込めていることに気づく。それは今までの香油の匂いと似ているようで違っていた。

——甘い、甘い、香り……

フィリーネの心臓がドクンと大きく鳴った。とたんにくらっとして、フィリーネの頭がベッドに沈む。身体の力が急速に抜けていくのを感じた。

「あ……？」

「この香りは王族にしか効果がない。だが、君も王族の血を引いているから、変化を感じるだろう？」

「……んっ……」

身体が熱くなり、甘い匂いがさらに強くなった。

「だめ、です。だめ……」

そう言いながらも、不意に分からなくなってしまう。

――なんでだめなんだったかしら？

ジェスライールはフィリーネの拘束を解き、彼女の頬を両手で挟み込んだ。

「僕たちはもう夫婦なんだよ？」

「夫婦……」

水色の瞳が至近距離からフィリーネを見つめている。フィリーネはまるで魅入られたかのようにその目を見つめた。いつもは穏やかなジェスライールの目に欲情の色が浮かび、ランプの光を反射して、金を溶かし込んだかのごとく輝いている。

「フィリーネ。君を抱きたい」

少し掠れた声で囁《ささや》かれた言葉に、フィリーネのお腹の奥が疼《うず》いてじんわりと熱くなった。

――何これ、怖い……！

自分の反応を否定したくて、フィリーネはぶんぶんと首を横に振る。

「それは、香油のせいです……。殿下の、本当の気持ちじゃない」

「本当の気持ちだよ。さっき『力』を使って香油の効果を遮断した。それでも君を抱きたいという気持ちはなくならない。香油の影響をまったく受けてないとは言えないけれど、決してそれだけじゃないんだ」

フィリーネを見下ろしながら、ジェスライールが目を細める。

「不思議だ。君を守りたいと思うのに、同時にメチャクチャにして泣かせてみたいとも思う」

「メ、メチャクチャ？」

「ああ。ぐずぐずに溶かして僕を求めさせたい」

とんでもないことを言われているのに、フィリーネの下腹部がまた疼いて熱くなる。

「こんなことを君に対して思うのは間違っているのに、止められないんだ。……もしかしたら、僕はもう狂っているのかもしれないな」

自嘲の笑みを浮かべると、ジェスライールは唐突にこんなことを言った。

「ねぇ、フィリーネ。翡翠宮《ひすいきゅう》に帰ったら君に説明するはずだったことがあるんだ。なぜ王族が……いや、竜族が番《つがい》を必死に探そうとするのか、番が得られなければどうなるか。それを君に教えるはずだった」

「そういえば……」

国王が何か言いかけた時、ジェスライールが「自分が教えるから」と言って遮《さえぎ》ったのを、フィリーネは思い出す。

「番を得られなければ、どうなるんですか……？」

フィリーネは恐る恐る尋ねた。ジェスライールの口元にいびつな笑みが浮かぶ。

「番を得られなければ、僕たちは狂う。つまり正気を失うんだ」

「まさか……」

驚きのあまり、フィリーネは琥珀色《こはくいろ》の目を大きく見開いた。

「それが、竜族が滅んだ最大の原因なんだよ。竜族にとって番《つがい》はただの伴侶《はんりょ》ではない。魂の共有者なんだ。魂の半分が欠けた状態が長く続けば、やがて精神の均衡を失い、狂気に走る。狂った竜の最後は悲惨で、自死するか同族に殺されるかのどちらかだ。巨大な『力』を持つ竜族を倒せるのは、同じ竜族だけだからね」

狂った竜を待つものは死しかない――

思いもよらない事実に、フィリーネはぶるっと身体を震わせた。

「窮屈《きゅうくつ》な王宮生活を嫌っていたシェルダン叔父上が、ずっと王宮に留まっているのは、父上を補佐するためだけじゃない。いずれ僕が狂った時に、その場にいて対処するためだ。父上だけだと最悪相討ちもありえるからね」

「い、いつ？　それはいつなんですか？」

「いつ狂うかってこと？　個人差があるからはっきりとは言えないが、過去の記録によると、だいたい三十歳くらいまでには狂い始めるようだ」

ジェスライールはもう二十四歳。三十歳になるまであと六年しかない。

フィリーネは胸が締めつけられるような痛みを覚えた。

――だから陛下は、「残された時間は少ない」と言ったんだわ。

「今回の結婚はグローヴ国の動きがきっかけだったけど、それがなくても近いうちに王太子妃を選ぶことになっただろう。王族の血を絶やさぬためには跡継ぎが必要だからね」

「子どもを、産ませるためだけに？」

「ああ。番を亡くした叔父上には、もう子どもは望めない。王族の血を残せるのは、まだ番を見いだしていない僕だけなんだ」

番を見つけられなければ、やがて狂ってしまうジェスライール。だが皮肉なことに番がいないからこそ、彼は他の女性との間に子どもを作ることができるのだ。

――ああ、だからリルカはこんな夜着を着せ、王家に伝わる香油まで使って、初夜を盛り上げようとしたのね。

フィリーネはようやく得心がいった。

「でもね、それでも僕は君の純潔を守るつもりだった」

フィリーネはハッとして、ジェスライールの顔を見上げる。そういえば、フィリーネをベッドに組み敷く前も、彼はそんなことを言っていた。

「君は王太子妃になることは承知していても、子どものことなどまるで考えていないのは明らかだった。それに、僕の呪いが解ける可能性もないわけじゃない。でも――」

ジェスライールはフィリーネから一度手を離すと、片手で彼女の頬にそっと触れた。

「今、僕は君に自分の存在を刻み込みたくてたまらない。僕の子どもを身ごもる君を見たい」

「殿下……」

「フィリーネ。君が欲しい。跡継ぎのためだけじゃなく、僕自身のために君が必要なんだ。ねぇ、君は僕に全てを与えてくれるかい？」

「……そんな言い方、ずるい……」

フィリーネは震える声で詰《なじ》りながらも、手を伸ばして彼の頬に触れた。

――この人がいずれ狂ってしまう運命だなんて、信じられない。

けれど、ジェスライールの言っていることはおそらく本当だ。リルカやジストの言葉からもそれは明らかだった。

それにフィリーネの役目は「かりそめの番《つがい》」を演じることだけでなく、ジェスライールの子どもを産むことでもあるのだ。

――本当にずるい。

ジェスライールの言うように、フィリーネはそんなこととは夢にも思わず、ただ資金援助と引き換えに雇われただけのつもりでいた。子どもを産むどころか、彼とそういう行為をすること自体考えていなかったのだ。

だからフィリーネは怒っていいし、約束が違うと言って拒否したっていい。それならジェスライールも無理強いはしないだろう。だけど――

「ずるい、です。こんな話を聞かされたら、私は断れないじゃないですか……」

目を潤《うる》ませながら、フィリーネはジェスライールの背中に手を回して、ぎゅっと抱きついた。

……心優しい、王子様。彼になら――

「あげます。殿下に全部。子どもも産みます。あなたが望むなら何人だって。私の全てを殿下に差し上げます。だから……」

フィリーネの声がさらに震えた。

「呪いなんかに負けないで。生きることを絶対に諦めないで……！」

わななく唇から、どうにか言葉を振り絞る。

「でなければ、私……」

最後まで言うことはできなかった。ジェスライールがフィリーネの身体を起こし、ぎゅっと抱き締めたからだ。

「ありがとう。フィリーネ」

笑みを浮かべたジェスライールの顔が近づいてくる。フィリーネはそっと目を閉じた。

「んんっ……」

ジェスライールの手が、何も纏《まと》っていないフィリーネの肌を滑《すべ》る。大きくてゴツゴツした右手に胸の膨らみを覆《おお》われ、深いキスを受けながら、フィリーネは鼻にかかった声を漏らした。

「あ、ん……んんっ」

合わさった唇から、唾液と共にぴちゃぴちゃと淫《みだ》らな音が零れ落ちる。それを気にすることなく、フィリーネは夢中で舌を絡ませた。

リルカが用意してくれた扇情的《せんじょうてき》な夜着は、ジェスライールの手であっという間にはがされ、広いベッドの隅でただの布と化している。面積の少ない下着も同様で、キスを受けているうちにいつの間にか脱がされていた。

上半身を起こした状態のまま、ぐったりとジェスライールにもたれかかる。濃厚なキスのせいで身体に力は入らず、ジェスライールのシャツの胸元を握り締める指にも、すでに力はなかった。

「ふぅ……ん、ぁあ」

胸の膨らみを捉えた手が、柔らかい肉を掬《すく》うように押し上げる。胸の先端が尖り、じんじんと疼《うず》いた。熱を帯びたそれを指で摘まみ上げ、コリコリと転がされる。腹の奥がきゅんと収縮し、両脚の付け根からトロッと蜜が零れた。

「ふ……んン……」

唇から甘い声が漏れ、薄紅色に染まった身体が跳ねる。フィリーネに自覚はないが、身体を震わせるたびに、甘い香油の匂いを周囲に撒き散らしていた。

「やっぱり君は、すごく甘い」

ジェスライールは忍び笑いすると、下に向かって唇を滑《すべ》らせた。首筋から喉元へ。そして鎖骨にたどり着くと強く吸いつき、赤い跡を残す。

「んっ……！」

ぴりっとした痛みにフィリーネは顔をしかめる。けれど、指で胸の先端を転がすように扱《しご》かれると、くすぐったい快感に身を捩《よじ》った。

「ふ、ぁ……」

ジェスライールの唇が胸の膨らみをたどり、片方の先端をぱくりと覆《おお》った。小さな乳輪ごと食べられ、強く吸われる。ぷくっと膨らんだ先端に歯を立てられ、フィリーネはジェスライールの腕の中でビクビクと震えた。

「ふぁ、……んんっ」

下腹部が熱を帯び、蜜がドロリと零れてシーツを汚す。それが気になって両脚を擦《こす》り合わせると、めざとく気づいたジェスライールが笑った。

「気持ちよすぎて、濡れた？」

フィリーネは顔を真っ赤に染めて、首を横に振る。

「ち、違い、ますっ……」

「違うの？　じゃあ、確かめてみようか」

「え？」

ジェスライールはにこにこ笑いながら、片手をすっと下へ滑《すべ》らせた。その手はお腹からへそ、そして下腹部のなだらかな丘を通り過ぎ、褐色《かっしょく》の茂みに向かう。

「やっ、殿下……！」

フィリーネは思わず腰を動かし、彼の手から逃れようとした。けれど、抱きかかえられた状態ではままならず、彼の手は難なく両脚の付け根に到達する。

「ひ、あっ……」

蜜で溢れている場所に指が触れた。それは形を確かめるように花弁の縁《ふち》をぐるりとたどる。くすぐったい感触に、フィリーネの腰がビクッと跳ねた。

「ふ、ぁあ」

ゾクゾクと背筋を何かが這《は》い上がっていく。

「濡れているね」

クスクス笑いながら、ジェスライールはフィリーネの耳朶《みみたぶ》に歯を立てた。激しい羞恥《しゅうち》にフィリーネは顔を伏せる。ジェスライールの指が蜜壷の入り口をくちゅくちゅと掻き混ぜた。

「あっ、いやぁ、だめっ」

ビクビクと腰を揺らしながら、フィリーネは懇願《こんがん》する。けれど当のフィリーネの耳にすら、その声はいやらしく響いた。

──恥ずかしい……！

「大丈夫。恥ずかしがることはない。むしろ感じてくれているのが分かって嬉しいよ」

ジェスライールはフィリーネの頬にキスをすると、浅いところを掻き混ぜていた指を、媚肉にぐっと突き立てた。

「あっ……くぅっ……」

痛みと異物感を覚えて、フィリーネは息を詰める。膣壁《ちつへき》が異物を押し戻そうと蠢《うごめ》き、図らずもジェスライールの指をきゅっと締めつけた。

「やっぱり狭いな……」

そう言いながら、ジェスライールは中を広げるようにゆっくりと指を動かした。

「んっ、あ、や、ぁ」

慣れない感覚に怖くなってきたフィリーネは、ジェスライールの首元に顔をうずめて目を瞑《つぶ》る。

「大丈夫だから」

胸の膨らみを掴んでいた手が、先端の突起をきゅっと摘まんだ。そのまま押し潰すようにグリグリと捏《こ》ねられ、子宮がキュンと収縮して痛みにも似た疼《うず》きを伝えてくる。

「胸、だめぇ……」

膨らみへの愛撫より先端への刺激の方が何倍も感じる。きりきりと締めつけられるような快感に、フィリーネは蜜口を犯す指のことを忘れた。その間、無防備になった隘路《あいろ》を、ジェスライールの指がゆっくりと探っていく。

「あっ、ん、んぁ」

快感と異物感を同時に与えられ、フィリーネはわけが分からなくなる。その時、蜜壷を探っていた指が、不意に腹側のある一点を掠めた。

「ああっ……！」

フィリーネは目を見開き、ビクンと腰を跳ね上げる。するとジェスライールの指が、ざらざらした場所を強く擦《こす》り上げた。

「や、あ、あん、んんっ」

ジェスライールの指がその場所を擦るだけで、フィリーネの身体はまるで陸に打ち上げられた魚のようにビクン、ビクンと跳ね上がる。

混乱したフィリーネがジェスライールを見上げると、彼はどことなく淫猥《いんわい》な笑みを浮かべていた。

「ここがフィリーネの感じる場所なんだ。ここを、こうして可愛がってあげるとね……」

そう言いながらジェスライールはくいっと指を曲げ、その部分を指の腹で擦る。

「ひゃあ！」

「ふふ。声をあげずにはいられないだろう？」

「や、もう、やめて、ください」

フィリーネは涙目でいやいやと首を横に振る。けれど、ジェスライールは笑みを浮かべたまま何度もその部分を刺激し、フィリーネを乱れさせた。

じゅぶじゅぶと淫《みだ》らな水音が脚の付け根からあがり、フィリーネの耳を犯す。恥ずかしいと思うのに、どうすることもできなかった。

しばらくしてジェスライールが指を引き抜いた時には、フィリーネはビクビクと震えながら喘ぐことしかできなくなっていた。

「ん、あ、ぁ、あ」

蜜口が何かを求めるようにヒクヒクと蠢《うごめ》き、蜜を溢れされる。ジェスライールの身体にもたれながら目を閉じていたフィリーネは、再び指が媚肉に突き立てられるのを感じて、ハッと目を開けた。

指の数が増えている。違和感はあれどもう痛みはなく、二本の指にじゅぷじゅぷと粘膜を掻き回される。敏感になった媚肉が擦れて、得も言われぬ快感が背筋を駆け上がった。

きゅっと丸まった足の指がシーツを掻く。

——いやだ、私、おかしい。おかしくなる……！

性行為のことは知識としては知っているが、経験は一度もない。それなのに、指だけでこんなに蜜を溢れさせ、感じさせられているなんて信じられなかった。

「あんっ、や、あ、怖い、殿下、殿下ぁ……！」

この場で唯一縋《すが》ることのできる相手の名を、フィリーネは必死で呼んだ。けれど、ジェスライールは微笑みながら首を横に振る。

「フィリーネ、殿下じゃない。名前で呼んで」

ぬぷぬぷと抜き差しを繰り返しながら、彼はフィリーネの耳に囁《ささや》く。

「殿下というのは尊称《そんしょう》だ。僕の名前じゃない」

「でん、か」

「違う。フィリーネ、名前を呼んで。でないとフィリーネのここ、ずっと苛《いじ》めるよ？」

じんじんと疼《うず》く胸の先端を指で摘まんで引っ張られる。それと同時に、指を受け入れている場所の少し上にある秘芯を、ジェスライールの爪がかりっと引っ掻いた。

「ああ、いやぁ！」

フィリーネの口から甘い悲鳴があがった。背中を反らして快感から逃がれたあと、フィリーネは目を潤《うる》ませながらジェスライールを睨《にら》む。

――殿下の意地悪。

「睨んでもだめ。ほら、言って」

再びジェスライールの指が秘芯に触れた。充血し、剥《む》き出しになったそこは酷《ひど》く敏感で、ほんの少し触れられただけでも意識が飛びそうになる。これ以上強く触れられたら、きっと自分はおかしくなってしまうだろう。

だからフィリーネは慌てて口にした。

「ジェ、ジェスライール、殿下」

「殿下はなし」

「……ジェスライール」

根負けしたフィリーネがそう呟くと、ジェスライールはにっこり笑った。

「いい子だね、ご褒美《ほうび》に指を増やしてあげる」

「……は？」

思わず聞き返したとたん、膣《ちつ》に差し込まれていた指が三本に増える。男を受け入れたことがないフィリーネの膣は、それだけでいっぱいいっぱいになった。

――信じられない。この人、本当に殿下なの？

フィリーネの知るジェスライールはこんな意地悪はしないし、イヤらしくもない。これではまるで別人のようだ。

「でん……ジェスライール。ど、どうしたの？」

「どうしたって、何が？」

「い、いつもと違うから……」

「そうかな？　いつもと変わらないと思うけど」

首を傾げながらも、ジェスライールはフィリーネの膣内を容赦なく指で掻き混ぜる。激しく抜き差しされるたびに悦楽《えつらく》の波が押し寄せ、フィリーネの喉から嬌声《きょうせい》があがった。

「ふぁ、ぁ、っぁん」

背中を反らしながら、ジェスライールの腕の中でビクンビクンと身体を震わせる。ぎゅっと媚肉が引き絞られ、ジェスライールの指を熱く締めつけた。と、同時に奥からとぷっと蜜が溢れ、ジェスライールの指を伝わりシーツを汚していく。

「いっぱい濡れてきたね」

ジェスライールは囁《ささや》きながらわざと大きな音を立てて蜜を掻き出す。フィリーネは首を激しく横に振りつつも下肢を震わせた。

「あ、やぁ、はぁ、あン！」

じゅぶじゅぶと出し入れされる太い指が粘膜を擦《こす》り上げる。そのたびに内側から熱がせり上がってきて、フィリーネはたまらず身悶《みもだ》えた。

しっとりと汗ばんだ肌からは甘い香りが立ちのぼり、鼻腔《びこう》をくすぐる。

——甘い、香り。

ズクンと下腹部が疼《うず》き、フィリーネは全身をわななかせた。

「フィリーネ、イキそう？　中がすごくうねっているよ」

「イ……ク？」

はぁはぁと熱のこもった息を吐きながら、フィリーネはジェスライールを見上げる。性に関してフィリーネが知っているのはごくごく初歩的なものでしかない。だからジェスライールが何を言っているのかさっぱり分からなかった。

「ああ、少し手伝ってあげるから、イってごらん？」

ジェスライールは中指を折り曲げ、フィリーネの感じる場所を指の腹で擦り上げる。同時に親指で充血した花芯に触れて、クニクニと円を描くように捏《こ》ねた。

「や、やぁぁぁ！」

フィリーネの腰がびくんと跳ね上がる。身体の奥から何かがせり上がってくるのを感じて、何度も下肢を震わせた。

「だめ、だめぇ……！」

イヤイヤと頭を振るが、ジェスライールの手は容赦なくフィリーネを追い詰める。

目の前が白く染まり、身体の奥で何かが弾け飛んだ。

「ああっ、………あぁぁぁぁぁぁッ！」

フィリーネは頤《おとがい》を反らし、甲高《かんだか》い声を響かせて絶頂に達した。

ジェスライールの腕の中で、フィリーネの華奢《きゃしゃ》な身体がビクビクと痙攣《けいれん》する。媚肉が激しく収縮し、ジェスライールの指を強く締めつけた。

「……あン、ぁあ、はぁ、ぁあ」

フィリーネは琥珀色《こはくいろ》の目を見開き、荒い息を吐きながら呆然としていた。身体は絶頂の甘い余韻に震え、快感の波が何度も押し寄せる。圧倒的な何かに全てを根こそぎ奪われたような気がして、フィリーネは言葉を発するどころか、思考することさえできなかった。

「本当にフィリーネは可愛い」

水色の目の奥に欲情の炎をくゆらせて、ジェスライールはうっとりと笑う。そして、膣内《ちつない》に埋めていた指をゆっくりと引き抜いた。

「……ぁ……」

声にならない声がフィリーネの口から漏れる。ジェスライールはフィリーネの陶然《とうぜん》とした瞳を見下ろしながら、蜜で濡れた指をちろりと舐めた。

「甘い。フィリーネはどこもかしこも甘いんだね」

その淫靡《いんび》な光景に、フィリーネの背筋をゾクゾクと甘い痺《しび》れが這《は》い上がっていく。

「フィリーネ」

ジェスライールは彼女の手を取ると、自分のシャツの胸元へと持っていった。

「僕の服、脱がして？」

熱を帯びた水色の瞳に見つめられて、フィリーネは知らず知らずのうちに頷く。

「……ふ……ぁ……」

フィリーネは震える指でボタンを外そうとした。けれど、まともに力が入らない上に手先が痺れて上手く動かないのだ。

原因はジェスライールだ。彼はフィリーネの肩を片手で抱きかかえ、その首筋を唇で愛撫し、もう片方の手で胸の先端を摘まんでいる。

「や、ん、やめ……」

「ほら、これじゃあいつまで経っても終わらないよ？」

くすくす笑いながら、ジェスライールは胸の先端をぴんっと指で弾く。

「んぁ！　や……いじ、わる……しないで……」

「意地悪じゃない。感じやすいフィリーネがいけないんだ。ここを弄《いじ》るだけでそんなに可愛い声をあげて。そのうちここだけでイケるようになるかもしれないね」

尖りをきゅっと摘まれ、指で転がされて、フィリーネは身体を震わせた。

「そんな……」

ジェスライールはフィリーネを言葉と指で翻弄《ほんろう》する。普段のジェスライールだったら絶対にそんなことはしないのに。

──これも、狂いかけているからなの……？

だが、もっともおかしいのは自分の反応だった。ジェスライールのイヤらしくて意地悪な言葉に、なぜかキュンと子宮が疼《うず》くのだ。

──きっと……香油のせいよ……

そうこの甘い香りのせいでおかしくなっているのだ。自分も、ジェスライールも。

フィリーネは心の中で自分に言い聞かせながら、震える手をボタンに伸ばす。

やがてようやく全てのボタンを外し終えた頃には、息も絶え絶えだった。

「お疲れ様」

ジェスライールはフィリーネの頬にキスを落とし、彼女をそっとベッドに横たえた。それからベッドに上に膝立ちになり、シャツを脱ぎ捨てる。

現れたのは思ったよりがっしりとした筋肉質な身体だった。おそらく着やせするタイプなのだろう。均整の取れた身体がランプの炎に照らされて金色に光っていた。

フィリーネはベッドに横たわったまま、それをぼんやり眺める。だが、ジェスライールの手がトラウザーズにかかるのを見て我に返り、顔を背けた。ジェスライールはくすっと笑う。

やがて全てを脱ぎ捨てた彼は、フィリーネの膝に手をかけた。フィリーネの身体がビクンと震える。ジェスライールはそんな彼女の太ももを宥めるように撫でたあと、優しく押し開き、その間に身体を割り込ませた。

「ふ……」

フィリーネの両脚がふるりと震える。これから起こることは彼女にとって未知の世界だ。何が待っているのか朧気《おぼろげ》ながら理解はしているが、それで初体験への怯えがなくなるわけではない。

「フィリーネ。すまない……」

ジェスライールは手を伸ばしてフィリーネの頬に触れた。

「僕は君から故郷を奪い、君の身体や、今後の人生すら奪ってしまう。……きっと君は僕を憎むだろう。ミルドレッドが父を恨んだように。でも、フィリーネ。そうと分かっていても僕は君を奪わずにはいられないんだ……」

「ジェスライール……」

フィリーネはぼんやりしながらも、どこか悲痛ささえ感じさせる彼に同情していた。頬に触れる手に自分の手を重ねて囁《ささや》く。

「それでもいいの。私を奪って……」

その言葉が、ジェスライールに残っていた最後の理性を吹き飛ばした。彼に脚を抱えられて、腰を持ち上げられる。大事な部分が丸見えになってしまうことにフィリーネはうろたえたが、ぐずぐずに溶けた両脚の付け根に指よりももっと太いものが当てられ、ハッと息を呑む。

それがなんであるかは考えなくても分かった。

ジェスライールは切っ先をフィリーネの秘部に擦《こす》りつけ、猛《たけ》った肉茎にぬめりをまぶすと、蜜口にぴたりと当てる。

「フィリーネ。君を奪うよ」

その呟きと共にジェスライールは軽く腰を押し込んだ。

「あっ、くっ……」

フィリーネは圧迫感と異物感に歯を食いしばった。太い先端が狭い隘路《あいろ》を押し広げるように進んでいく。穿《うが》たれたところから鋭い痛みがフィリーネに襲いかかる。

「痛い……！」

「ごめん。だけどゆっくりすぎても痛みが長引くだけだから……」

ジェスライールはフィリーネの手を取って自分の肩に回した。

「痛かったらいくらでも爪を立てて構わない」

言いながらじりじりと確実に突き入れていく。

「ああっ……！」

痛みが酷《ひど》くなり、フィリーネは思わずジェスライールの背中に爪を立てた。目に涙が浮かび、眦《まなじり》から零れる。けれど、ジェスライールの動きは止まらなかった。ずぶっという音と共に猛《たけ》った怒張が容赦なくねじ込まれていく。

やがてぶつっと何かが突き破られ、その次の瞬間、フィリーネの身体に激痛が走った。

「ふ……くっ……」

――痛い……！

涙がぽろぽろと零れていく。けれど、フィリーネの口から「やめて」という言葉は出てこなかった。

やがてジェスライールの腰がフィリーネの臀部《でんぶ》にぴったりつき、動きが止まる。

「全部入ったよ、よく我慢したね」

「あっ。は、く……んっ」

痛みを逃すかのようにフィリーネは必死に深呼吸を繰り返す。ドクドクと脈打つ心臓とはまた別の脈動を膣内《ちつない》から感じ、ぶるっと身を震わせた。

――とうとう、私、純潔を……

そう思ったが、不思議と後悔はなかった。

ジェスライールの手が頬に触れ、唇に触れ、喉に触れ、むき出しになった胸の膨らみに触れる。

「ふぁ……」

撫でるような優しい手つきに安堵を覚える一方で、官能をくすぐられて声が漏れる。痛みは徐々に小さくなっていき、それと共に身体から余計な力が抜けていく。

するとそれを待っていたかのように、ジェスライールがゆっくりと動き始めた。

「はぁ……んっ……」

抜けそうなところまで引いた肉茎が再び突き入れられ、粘膜を擦《こす》られている感覚にフィリーネは息を漏らす。依然として痛みはあったが、悦楽《えつらく》の方が少しずつ大きくなっていくのが分かった。

奥から溢れた蜜がジェスライールの怒張に掻き出され、シーツに落ちていく。じゅぷじゅぷと音を立てて抜き差しされるうちに、繋がっているところが白く泡立ってきた。

「ああっ、んんっ、ああっ」

いつしか痛みはなくなり、快感だけがフィリーネを支配していた。

ズンッと奥まで穿《うが》たれて身体がわななく。楔《くさび》を深く打ち込まれたまま小刻みに突かれ、フィリーネの声からすすり泣くような声があがった。

奥の感じる場所を暴かれ、執拗《しつよう》に責められて、フィリーネは背中を反らしながら嬌声《きょうせい》をあげる。

「や、あっ、ああン、ン、んんっ」

背中に回した手でジェスライールを掻き抱くと、二人の上半身がぴったり重なった。彼が動くたびに胸の先端が擦られて、得も言われぬ快感が全身に広がる。

いつしかフィリーネはジェスライールの身体に手足を絡ませ、一緒に動いていた。

「フィリーネ。気持ちいいかい？」

「あん、んんっ、は、い……気持ち、いい……！」

ガクガクと頷くと、それを証明するかのようにフィリーネの隘路《あいろ》が激しく収縮し、ジェスライールの肉茎を締めつけた。

「フィリーネ……」

「あ、あんっ……あぁっ！」

ジェスライールの腰の動きが徐々に激しくなっていき、二人の口から漏れる声、ベッドが軋《きし》む音と粘着質な水音、肉がぶつかり合う音だけが寝室に響いていた。

「だめ、ああっ、だめぇ、あンっ」

官能が高まってくるのを感じ、フィリーネは首を横に振る。

「何がだめ？」

フィリーネの耳朶《みみたぶ》を食《は》みながらジェスライールが囁《ささや》いた。その間も打ちつける腰の動きが止むことはない。

「や、だめ。おかしくなる、おかしくなるのっ」

再び絶頂の波が押し寄せてきていた。前の時より激しい悦楽《えつらく》の予感に、フィリーネは怯える。それを体験してしまったら、もう二度と元の自分には戻れないような気がしたのだ。

けれど、ジェスライールは水色の目を細めて無慈悲に言った。

「いいよ、おかしくなってしまえばいい」

「やぁぁ！」

肉茎を奥深くにうずめたまま腰を回され、フィリーネの身体がわなないた。敏感な花芯がジェスライールの腰に押しつぶされ、快感がつま先から脳天まで突き抜けていく。

直後、フィリーネの頭の中が真っ白に染まった。

「あっ、ああっ、ぁああああぁぁ！」

ぐっとのけ反りながらフィリーネは甘い悲鳴を放った。絶頂を迎えた蜜壺はジェスライールの肉茎を熱く締めつけ、激しい痙攣《けいれん》を繰り返す。

それに耐え切れなくなったジェスライールが「うっ……」とうめき声をあげて、激しく抜き差しし始めた。フィリーネの中でジェスライールの雄が膨らんでいく。

「くっ……」

「ああっ……！」

一際強く穿《うが》たれて、フィリーネは腰をびくびくと震わせた。相手の限界が近いことを本能的に感じ取り、ジェスライールの腰に脚を巻きつけて、秘部を強く押しつける。

ジェスライールはさらに奥まで楔《くさび》をめり込ませると、己を解き放った。

「んっ……」

胎内に熱い飛沫《しぶき》を感じて、フィリーネはまた背中を反らせる。なぜか涙がどっと溢れ出てきた。

――ジェスライール……

「……フィリーネ。僕の、番《つがい》……」

フィリーネの胎内に二度三度と白濁《はくだく》を放ちつつ、ジェスライールが呟く。

その声を聞きながら、フィリーネの意識は吸い込まれるように闇の中へと落ちていった。

＊＊＊

暗闇の中、幼いフィリーネは森の中にいた。

薄暗く、左右を見回しても同じ風景が続いていて、今自分がどこに立っているのかさえ定かではない。

——私、迷ったの？

出口を探して歩き回りながら、フィリーネは不安でいっぱいになった。

けれど、ふと足元に道があることに気づく。

——これをたどっていけば出口に出られるかもしれない。

フィリーネはそう思い、前へと進む。不思議なことにフィリーネが歩くたびになかったはずの道ができていく。でもフィリーネはなぜか疑問に思わず、その道をたどっていった。

しばらくすると、前方にポッと明るい光が生まれる。

——出口だ！

フィリーネはなぜかそう確信して、光に向かって走った。

やがて一気に視界が明るくなり、フィリーネは開《ひら》けた場所に出た。そこには大きな湖があって、湖面がキラキラと輝いている。

その湖のほとりに人の姿があった。灰色のフードを被り、小さな岩の上に立っている。そこから少し離れた場所には、フィリーネよりやや年上に見える少年と、剣を持った大人の男性が立っていた。

フィリーネが近づくと、三人が一斉に振り返る。

――ジェスライール殿下？

少年の顔にジェスライールの面影を見つけて、フィリーネはハッとした。

だが幼いフィリーネの視線は吸い込まれるようにフードを被った人物へ向かう。その人物は岩から降りると、フィリーネに何かを言った。

けれどその声は聞こえず、再び視界が闇に閉ざされる。

気づけばフードの人物もジェスライールによく似た少年も、剣を持った男性もおらず、フィリーネは闇の中に一人で佇《たたず》んでいた。

＊　＊　＊

「おはよう、フィリーネ」

瞼《まぶた》を開けると、目の前にジェスライールの麗《うるわ》しい顔があった。

「……あれ？　大きくなっている？　いつの間に？」

――ついさっきまでは十二、三歳の少年だったのに……

そんなことを思いながらぼんやり見上げていると、ジェスライールが笑って首を傾げる。

「何が大きくなっているって？」

「ん……だから、さっき湖のほとりにいた殿下はまだ……」

そこまで言ったところで、フィリーネはここが森ではないことにようやく気づいた。自分は大きな天蓋《てんがい》付きのベッドに寝ていて、傍《そば》にはランプと水差しの乗ったサイドテーブルがある。ただし、ランプの火はもうすでに消えているようだ。

「夢……だったのね」

はぁとため息をつきながらフィリーネは呟く。

「夢？」

「はい。森で迷子になっている夢でした」

――そう。夢に決まっている。

なぜならフィリーネは森で迷ったことはないし、ジェスライールも少年ではないからだ。

きっと昨日の話があまりに衝撃的すぎて夢に見たのだろう。フードの人物、少年の頃のジェスライール、それに剣を持った護衛っぽい男性。昨日ジェスライールから聞いた話の状況によく似ている。

もっとも、フィリーネは墓所がどんなところか知らない。だから、森にありがちな湖を想像したのだろう。

――所詮、私の想像力なんてそんなものだわ。

「夢で僕が小さくなっていたの？」

「いえ、そうじゃなくて――」

笑いながら説明しようしたフィリーネは、ようやく自分たちの格好に気づく。フィリーネは全裸で、ジェスライールもまた全裸だった。しかも、気のせいでなければ、ジェスライールのアレがまだ中に……

「なっ、なっ、なっ……！」

「僕はてっきりコレのことを言っているのかと思ったよ」

フィリーネが絶句していると、上にのしかかっているジェスライールがにやりとしながら腰を動かす。とたんに、フィリーネの下腹部に甘い痺《しび》れが広がった。

「あ、んン」

思わず悩ましげな声を出してから、フィリーネは我に返り、慌ててジェスライールの胸を押す。

「ちょっ、何してるんですかっ！」

「忘れたのかい？　君は昨夜、この状態で気を失ってしまったんだ」

「なっ……」

昨夜のことが脳裏に蘇《よみがえ》り、フィリーネは頬を真っ赤に染めた。

「僕を褒《ほ》めてもらいたいね。もっとしたかったけど、この状態のまま一晩中我慢していたんだから」

「な、なっ、抜けばよかったじゃないですか！　……じゃなくて抜いてください！」

フィリーネは慌てて叫んだ。なぜならジェスライールの楔《くさび》はフィリーネの中でどんどん大きく膨れ上がっているのだ。

「イヤだね。君の中はとても気持ちいい。それに……」

フィリーネを組み敷いたままジェスライールの目が妖しげに光った。

「一回じゃとても足りない。君も寝て体力が回復したようだから、またしばらく僕に付き合ってもらうよ？」

腰を撫でられて、フィリーネの背筋がぞわっとする。でもそれは恐怖のためではなくて、昨夜の悦楽《えつらく》の記憶を身体が思い出してしまったからだ。ジェスライールの楔《くさび》を受け入れている場所がじわりと潤《うる》んでいく。

「……殿下、昨夜からなんだか人が変わっていませんか？」

ジェスライールはベッドの中では妙に意地悪で、いつもの優しい彼からは想像もつかない態度だった。あれから一晩経った今もその片鱗《へんりん》が見えている。

「なんだかこうしていると、君を泣かせたくて仕方ないんだ。自分でもおかしいとは思う」

少し考えたあと、ジェスライールはふと真顔になって呟いた。

「もしかしたら、やっぱり僕は狂いかけているのかもしれないな……」

「そんな……！」

フィリーネは思わず息を呑んだ。

「……すまない。こんな男に抱かれるなんて、君は怖くてたまらないだろう」

そう自嘲すると、ジェスライールは身を起こした。フィリーネは咄嗟《とっさ》にその背中に手を回し、彼を引きとめる。

その拍子に肉茎がぐぷっと奥に入り込み、甘い衝撃にフィリーネは身を震わせた。

「フィリーネ？」

声が漏れそうになるのを歯を食いしばって耐えてから、フィリーネは訴える。

「私なら大丈夫です。ジェスライール殿下のことを信じてますから。だから、だから……」

全身を真っ赤に染めてフィリーネはもじもじする。その姿がジェスライールの欲と嗜虐性《しぎゃくせい》をさらに煽ることとも知らずに。

やがて寝室には再びフィリーネの嬌声《きょうせい》と、ベッドが軋《きし》む音が響き渡る。

その音は日が高くなるまで止むことはなかった。

＊　＊　＊

「おはようございます、殿下。昨夜はずいぶんお楽しみだったようで」

午後、執務室に入ったジェスライールは、クレマンの嫌味に迎えられた。

「クレマン……」

ばつが悪そうに視線を泳がせるジェスライールに、クレマンはわざとらしい笑顔を向ける。

「日が高くなるまで妃殿下をお放しにならなかったそうで。この絶倫っぷり、さすがは王族ですね」

そんなことは少しも思っていないだろうに、大げさに褒《ほ》め称《たた》えるクレマン。ジェスライールは思わず額に手を当て、さらに言い募ろうとしたクレマンを制した。

「お前が怒っているのは分かるし、甘んじて罰は受けるつもりだ。だが、その前に一つ聞きたい。昨夜のことはともかく、どうして今朝のことまで知っているんだ？」

「リルカですよ。シーツに妃殿下の純潔の証が残っていたと、嬉しそうに報告してくれました。お二人が昼近くまでベッドからお出にならなかったこともね」

「リルカめ……」

口の軽い侍女に怒りを覚えるジェスライール。そこでクレマンは不意に笑みを消し、ジェスライールに非難の目を向けた。

「あなた、馬鹿ですか？　妃殿下には手を出さない——そう言っていたではありませんか」

「……すまない。言い訳はしない」

「私に謝ってどうするんですか。番《つがい》が見つかったあと、妃殿下に謝ってください」

クレマンが吐き捨てるように言うと、ジェスライールは押し黙った。怒ったわけではなく、まったくその通りだと思ったからだ。

「殿下、あなたは陛下と同じ過ちを犯すつもりですか？　『沈黙の森の魔女』と同じ苦しみを、妃殿下に与えるつもりなのですか？」

「違う！　……そんなつもりはない」

ジェスライールは声を荒らげそうになり、慌てて感情を押し殺した。自分にとってフィリーネは特別な存在だ。母親の王妃を抜きにすれば、唯一守りたいと思えた女性。そんな彼女を苦しめたいなどと誰が思うだろう。

――でも、僕がやったことは、のちのち彼女を苦しめることになる。

それが分かっているだけに、クレマンの言葉が重くのしかかる。

クレマンは彼をまっすぐに見つめ、真剣なまなざしで問いかけた。

「あなたにとって一番大切なものは？　守らなければならないものは？」

ジェスライールはぐっと歯を食いしばって答える。

「……このグリーグバルトいう国と、自分の番だ」

そう。そのために「偽りの番」を――フィリーネを王太子妃として迎えることにした。全てはこの国と、ジェスライールの「真の番」を守るために。

「その通りです、殿下。守るべきものを間違えてはいけません。あなたは魔女の呪いに打ち勝ち、番を妃に迎えた。そう思わせることでグローヴ国と城に潜《ひそ》む裏切り者の手から『真の番』を守る。妃殿下はそのための手段に過ぎません」

「分かっている……」

「それなのに、肝心のあなたが妃殿下に溺れてどうするのですか。あなたが心を寄せれば寄せるほど、それだけ彼女の身も危うくなるのですよ？　あなたが本気で愛していると知れば、裏切り者の矛先は必ず妃殿下に向くでしょう」

「番だけでなく、フィリーネのことも必ず僕が守る。守ってみせる」

「ええ。そうしてください。でなければ困ります。彼女は表向きはあなたの『番』であり、正式な妃なのですから！」

ピシャリと言ったクレマンは、手にしていた書類をやや乱暴にジェスライールの机に置いた。午後はこの書類を処理しろということらしい。

一国の王子に対してずいぶん無礼な態度だが、クレマンのように耳が痛いことを言ってくれる人物は貴重だ。彼がいてくれるからこそ、ジェスライールは独りよがりにならずに済んでいるのだ。

「これで妃殿下が本当に殿下の番だったら、何も問題はないのですがね。とにかく『真の番』のことは、呪いが解けてから改めて考えましょう。今は裏切り者をあぶり出し、妃殿下をお守りすることが第一です」

クレマンはそう言いつつ、自分の机の引き出しから一枚の書類を取り出す。そして笑みを浮かべてジェスライールに差し出した。

「というわけで、殿下。殿下が見つけたネズミの調査結果です」

ジェスライールは書類とクレマンの顔を交互に見て目を丸くする。

「昨日の今日でずいぶん早いな。――で？」

「ネズミは外務省に潜《ひそ》んでいるようです。さもありなんですね」

「外務省か……」

ジェスライールはしばらく考え込んだあと、顔を上げてクレマンを見た。

「引き続き泳がせておいてくれ。裏切り者と通じているかもしれない。あと、念のため外務大臣カルバン・レイディオの周辺も洗ってほしい」

「……私はレイディオ大臣はシロだと思っていますが」

無駄な調査だと暗に示すクレマンに、ジェスライールは苦笑した。

「僕もだ。裏切り者は十中八九『あの人』だと思う。ただ証拠がない以上、謁見《えっけん》の間にいた人間が全員、容疑者であることには変わりない。手を抜くわけにはいかないさ」

「御意《ぎょい》。それでは、私は監視の手配をしてまいります」

「頼んだよ」

クレマンが執務室を出ていくのを見送ったあと、ジェスライールはぽつりと呟いた。

「……『真の番』か……」

番はジェスライールにとってもっとも重要で、守るべき存在だ。十二歳の時から自分には何かが欠けていると感じており、それは番のことだと思って生きてきた。

——なのに、今の僕は『番』のことなど考えもしない。

フィリーネを抱くと、欠けていた部分が満たされるような気がした。そんな感覚は呪いを受けたあの日以来、一度もなかったというのに。

『これで妃殿下が本当に殿下の番だったら、何も問題はないのですがね』

クレマンの言葉が脳裏を掠める。

——本当に、フィリーネが僕の番であれば……

そんな奇跡は起きないと、ジェスライールは誰よりも分かっていた。

第四章　止められない想い

フィリーネが王太子妃になって、早一ヶ月が過ぎた。

表向きは蜜月中なので、フィリーネが公務に出る必要はない。翡翠宮《ひすいきゅう》の外に出るだけでも大事《おおごと》になりかねないので、ずっと宮殿の中で引きこもり生活を送っていた。

もっとも公務がないからといって、やることがないわけではない。女性の家庭教師がつけられ、毎日授業を受けている。礼儀作法やこの国の歴史、隣国との関係、政治情勢、国内の貴族の勢力図などなど。

今日も午前中の授業をこなし、ようやく一息ついたフィリーネは、のんびりと私室でお茶を楽しんでいた。

「王妃様が仰《おつしや》っていたことは本当だったのね」

蜜月というのは単に新婚生活を送るための期間というだけではなく、王家に嫁いだ女性が王族としての知識を学ぶ期間でもあるのだ。

「国王陛下の番《つがい》であるナディア様も、かつて通られた道ですから」

リルカがフィリーネのカップにお茶を注ぎながら微笑む。

「でも、フィリーネ様は頑張っておられると思いますわ」

「だって必死ですもの」

これまで社交界とはまったく縁がなく、貴族社会の知識も申し訳程度しか持っていなかった。家が貧しく、家庭教師を雇う余裕すらなかったからだ。

「一応貴族なのに、必要な知識や作法がちっとも身についていないのよ？　これじゃあ恥ずかしくて王太子妃だなんて言えないわ。……殿下に恥をかかせてしまうのはイヤだし」

「その向上心が素晴らしいのですわ、フィリーネ様は」

にこにこと笑うリルカに、フィリーネは内心苦笑しながらお礼を言う。

「ありがとう、リルカ」

褒《ほ》められるのは嬉しいが、リルカは少し買い被りすぎだ。

でも、リルカがフィリーネ贔屓《びいき》になるのも無理はない。彼女にとってフィリーネは、敬愛する主《あるじ》の子どもを産んでくれる大切な存在なのだから。

フィリーネはリルカに見られないよう、片手をそっとお腹に当てた。あれから毎晩のように愛され、ジェスライールの白濁《はくだく》を注がれ続けている。いつ身ごもってもおかしくない。

——ジェスライールの子ども、早くできればいいのに。

狂ってしまうかもしれない彼に、少しでも早く、そして多くの家族を与えてあげたかった。それが本当の番ではないフィリーネに、唯一できることだと考えている。

その時だった。扉をノックする音が響いて、翡翠宮に仕える侍女の一人が顔を出す。

「妃殿下。お客様がいらしております」

「お客様？　どなたかお見えになる予定だったかしら？」

不思議に思ってリルカを見ると、彼女は首を横に振った。どうやら来客の予定はなかったようだ。

「どなたがいらしているの？」

侍女が取り次ぐということは、翡翠宮《ひすいきゅう》に入ることを許可された人間のうちの一人だろう。

「王妃陛下です」

「王妃様が？」

驚いたフィリーネは、リルカと顔を見合わせる。

「すぐに行くわ。応接の間にお通しして！」

慌ててソファから立ち上がり、フィリーネは侍女に告げた。


「突然ごめんなさいね」

応接間のソファに腰を下ろしながら、王妃は微笑んだ。その向かいに座ったフィリーネも微笑む。

「いえ。王妃様ならいつでも大歓迎です」

それは本当だった。王妃として毅然としている一方、その優しさや大らかさで相手を包み込む。そういうところがフィリーネの母親と似ており、とても懐かしく思えるのだ。

「先触れも出さずに来たものだから、びっくりしたでしょう？　陛下が公務で留守の間に会おうと突然思い立ったものだから」

リルカが淹れたお茶を美味しそうに飲んだあと、王妃は向かいに座るフィリーネを見て微笑んだ。

「よかったわ、あなたが元気そうで。ジェスライールに任せておけば大丈夫だとは思っていたけれど、どうしても自分の目で確かめたかったの」

「ありがとうございます。ジェスライール殿下のおかげで何不自由なく暮らせております」

これも本当のことだ。ジェスライールはフィリーネが退屈しないよう、彼女が興味を持ちそうな本を与えたり、カードゲームを教えたりと、常に何かと気にかけてくれている。

そのせいか、フィリーネは思いがけず充実した日々を過ごすことができていた。ここでの生活を快適だと感じている自分に気づいて、びっくりしてしまうほどだ。

「ふふ。あいかわらず、あの子ったらそつがないこと」

ジェスライールの気遣いぶりをフィリーネの口から聞いて、王妃は顔をほころばせた。

「あの子は人の心の機微にとても敏感なのです。それは王太子として最良の資質であると言えるわ。それにとても真面目で、何事にも真剣に取り組むの」

王妃はどこか自慢げに語る。

ところが不意に言葉を切ると、笑みを消し、悲しそうに目を伏せた。

「だからこそ、必要以上に何もかも自分で背負ってしまうのね。呪いのことだって、全ての原因は陛下と私にあって、あの子には何も落ち度もないのに、本人はそうは思っていないのです」

「王妃様……」

確かにジェスライールは言っていた。呪われたのは誰のせいでもなく自分のせいだと。

「その上、あの子は呪いで竜族の本能と力の一部を失ったことで、自分を欠陥品だと思っているのですよ」

「欠陥品？　まさか！　殿下は誰がどう見ても立派な王太子です！」

フィリーネは思わず叫んでいた。

「そうね。でも、それはあの子が自分の欠陥を補うために努力したからこそなのですよ。この国では王太子が元帥《げんすい》の地位に就くと定められているけれど、本来はお飾りの元帥でも構わないの。それなのにあの子は、一般の兵士たちと同じ訓練を自分に課した。手にいくつも血豆を作り、傷だらけになってね。だからこそ、あの子は兵士たちに慕われている」

王妃の言葉を聞いて、フィリーネの頭には王都まで馬車で移動していた時のことが蘇《よみがえ》った。部下たちと親しげに会話を交わし、とても頼りにされていたジェスライールの姿。

あれは軍の頂点に立つ元帥だからとか、王太子だからということでなく、兵士たちにとって彼は仲間であると同時に、尊敬する上官だからなのだろう。

「あの子は私と陛下の自慢であり、誇りなのよ。……でもね、王族として欠陥品だというのは、あながち間違いではないのです、あの子は王太子としての責務の中で、もっとも重要なことを果たせていません。番《つがい》を得て竜王の血を次代に繋ぐということをね」

フィリーネはハッとして王妃を見つめる。王妃はゆっくりと頷いた。

「で、でも、それは殿下のせいでは……！」

「そうね。あの子のせいではありません。でもだからといって誰かに、あるいは何かに責任転嫁することができない子なのです。私たちはそれを知りながら、あの子の意に反して偽りの番を……跡継ぎを産んでくれる女性を娶《めと》るよう強要した」

「強要？」

「ええ。あの子自身は最後まで反対していました。王族の都合で一人の女性の一生を台無しにはできないと。でも、国の未来を考えると、受け入れるしかなかったのでしょう」

王妃は身を乗り出し、膝の上でドレスをぎゅっと握り締めているフィリーネの手に、そっと自分の手を重ねた。

「何が言いたいかというと、あなたをご両親から引き離し、王太子妃としての立場を押しつけたのも、これからあなたが受けるかもしれない苦しみも、全て私たちのせいだということです。だから恨むなら私たちにしてほしいの。ジェスライールではなく」

「王妃様……」

フィリーネは王妃の顔を見つめたあと、視線を落として彼女の手を見つめた。

今聞かされた話はフィリーネにとって驚くことばかりだった。でも驚きはしても、怒りを覚えることはない。むしろ、ジェスライールへの理解が深まった気がして、王妃には感謝していた。

「王妃様、私は誰も恨みません。談話室で言ったじゃありませんか。これは自分で選んだ道だって」

フィリーネがきっぱり言うと、王妃の顔がくしゃっと歪んだ。

「ありがとう、フィリーネ。……でもね、その結論は早いかもしれないわ。今日、私があなたに会いにきたのは、もう一つ別の理由があるの」

王妃はフィリーネから手を離し、ソファに深く腰をかける。そして、背筋を伸ばしてフィリーネを見た。

「フィリーネ。決してジェスライールを愛してはいけませんよ」

「――え？」

「あの子を愛してしまえば、あなたの未来には苦しみと辛さが待っているわ」

「王妃様……？」

フィリーネは怪訝《けげん》な顔で見つめ返す。すると王妃の口元に苦笑が浮かんだ。

「あなたをどれほど大事にしようと、ジェスライールの本質は竜族なの。万が一、呪いが解けて番《つがい》が見つかったら、あなたの存在はあの子の中でとても小さいものになる。そして、すぐに見向きもされなくなるわ」

「……あ……」

フィリーネは息を呑んだ。それは、フィリーネがあえて目を背けてきた事実だったからだ。

国王から聞いた話がぐるぐると頭を駆け巡る。

「たとえ呪いが解けなくても、遠くない未来、あの子は狂って命を落とすことになる。そんなあの子を愛しても、あなたが辛いだけよ。フィリーネ。あなたには陛下と私、そして巫女《みこ》――ミルドレッドの過ちを繰り返さないでほしいの」

フィリーネはぎゅっと目を閉じた。国王を愛し、愛されながらも捨てられた巫女。いずれ同じ目に遭うのはフィリーネなのだ。

——ううん。違う。だって私は殿下を愛しているわけじゃない。

毎晩のように子宮に子種を注ぎ込まれているが、それは王太子妃として子どもを産ませるためのもの。決して愛の行為ではなく、単なる契約上の行為だ。つまり、ミルドレッドとは立場が似ているようで全く違う。

目を開けると、フィリーネは明るく笑った。

「大丈夫です、王妃様！　私と殿下は友人……いえ、戦友のようなものです。巫女と同じ過ちは犯しません」

「そう？　それならいいのだけれど……」

王妃は困ったような笑みを浮かべた。

「変なことを言い出してごめんなさいね。フィリーネ」

「いいえ、王妃様。ご忠告ありがとうございます」

ぎゅっとドレスを握り締めながらフィリーネは笑みを作る。それを知ってか知らずか、王妃は気遣わしげに言う。

「あなたを助けるつもりが、かえって混乱させてしまったわね。最近王宮がざわついているせいか、妙に昔のことを思い出してしまって……」

そこで王妃は言葉を切り、少し考えたあとにようやく口を開いた。

「今から、決して陛下の前では言えないことを言うわね。それであなたの心が少しでも軽くなればいいと思っているわ」

「王妃様？」

「フィリーネ。私はね、ずっとミルドレッドに対して罪悪感を抱いていたの。父と一緒に宮殿に来たりしなければ、陛下に見初《みそ》められることもなかったのにと。けれど同時に、陛下に愛されたミルドレッドが、とても羨《うらや》ましくて妬《ねた》ましかった」

フィリーネは戸惑いながら首を傾げる。

「あの、でも陛下は、あんなに王妃様を愛してらっしゃるじゃないですか」

国王の王妃に対する執着ぶりと独占欲は恐ろしいほどだ。出会ってから二十五年経った今も、その愛情は衰えていない。

「陛下が愛しているのは、自分の番《つがい》よ」

王妃の口元に自嘲めいた笑みが浮かんだ。

「決してナディアという人間を愛しているわけではないの。私が番でなければ、陛下はおそらく見向きもしなかったと思うわ」

「そんなことは……」

「いいえ、分かっているの。だからこそ、陛下に一人の人間として愛されたミルドレッドが、羨ましくて仕方がなかった」

「王妃様……」

——ああ、なんと言うことかしら。王妃様は自分が本当の意味で愛されたわけではないと思いながら、二十五年も陛下のお傍《そば》にいるんだわ。

フィリーネはなんとも言えない気持ちになった。竜族は番だけを愛する。だが裏を返せば、問答無用で愛さざるを得ないのだ。

「でも誤解しないでね。最初こそ戸惑っていたけど、私もすぐに陛下を愛するようになったわ。私が陛下の番なら、陛下の方も私にとって運命の相手ということですもの。けれど、少しでも何かが違っていたなら、運命は変わっていたかもしれない……そう思ってしまうの」

いくら他の女性を愛しても、竜族の本能が番を選んだとたん、その相手しか愛せなくなる王族。王妃とミルドレッド、そしてフィリーネもそれに翻弄《ほんろう》されるのだ。

——運命の相手って？　番って一体なんなの？

答えの出ない問いが、フィリーネの頭の中を駆け巡る。

やがて帰っていく王妃を見送ったあとも、その疑問がフィリーネの中から消え去ることはなかった。

＊＊＊

「フィリーネ、何かあったの？」

その日の夜、寝室にやってきたジェスライールは開口一番、そう言った。

「え？　何かって？」

フィリーネは突然の質問に困惑して首を傾げる。

「昼食の時は普通だったのに、今はどこか沈んでいるように見える。午後、母上が面会にやってきたようだけど、何か言われたのかい？」

ジェスライールは昼食は一緒に取ったものの、公務のため夕食には戻ってこられず、顔を合わせたのは昼食の時以来だった。

「そんなことはありません。王妃様は私をとても気遣ってくださいましたし」

王妃が話してくれたことや彼女に忠告されたことを、フィリーネはジェスライールに言うまいと決めていた。

ところが王妃曰《いわ》く人の心の機微に敏《さと》いというジェスライールは、淡いランプの光しかない状況で、フィリーネのほんの少しの変化を見抜いてしまったようだ。

「そうなのかい？　じゃあ、何か気になることでも？」

「いえ、その……」

ジェスライールの勘の鋭さに舌を巻きながら、フィリーネは無難なことだけを口にする。

「気になるというか、王妃様とお話ししていて、番《つがい》ってなんなのかなと思ってしまったんです。王妃様はミルドレッドを傷つけたことに罪悪感を覚えているみたい。自分が陛下と出会わなければ、ミルドレッドは幸せになれたのではないかって。少しでも運命が違っていたら、こんな悲劇は起こらなかったのにって」

「そうだね。母上は自分がミルドレッドを不幸にしたと思って、ずっと心を痛めている」

ジェスライールは手を伸ばし、フィリーネの頬に触れながら優しく微笑んだ。

「でもね、母上が父上と出会わなくても、おそらくミルドレッドは不幸になっていただろう。だって番を得られない竜は狂うのだから」

「あ……」

「母上と出会わなかったら、今頃父上は生きていない。母上は、父上が生き続けるためにも必要な存在なんだよ」

――そう、番は必要。……殿下。あなたが狂わずに生きていくためにも。

分かっていることなのに、フィリーネの胸がチクンと痛んだ。

「だから、僕は父上が母上に出会えた幸運に感謝しているんだ。ミルドレッドには悪いけれど。それに、母上がいなければ今ここに僕は存在していない」

「確かにそうですね」

二人が出会い、結ばれたからこそジェスライールは生まれてきたのだ。

「私もミルドレッドには悪いけれど、陛下たちが出会えたことに感謝しています。だって、こうしてジェスライール殿下と出会えましたもの」

胸の痛みを押し隠してフィリーネは微笑む。ジェスライールは微笑み返しながら、頬に触れていた手を唇に滑《すべ》らせた。

「僕も日々、君と出会えたことに感謝しているんだ。そう考えれば呪いにかかったことも不幸ではないと思える」

フィリーネは小さく息を呑んだ。唇に触れる手は熱く、明らかに彼の欲を表していた。

「フィリーネ……」

掠れた声がジェスライールの口から漏れる。その瞬間、彼の中で何かが切り替わり、フィリーネを性的に支配する男が現れた。

「殿下……」

それに応えるようにフィリーネの中でも変化が起きる。身体の奥からじわりと蜜が滲《にじ》み出すのを感じたのだ。

「フィリーネ、君を抱きたい。貪《むさぼ》りつくしたい」

覆《おお》い被さってくるジェスライールに、フィリーネは目を閉じて自分を差し出した。


部屋の中央に鎮座する巨大な天蓋《てんがい》付きのベッドには、ランプに照らされた一組の男女の影が躍っていた。

「ん、あっ、やぁ、あん」

一糸《いっし》纏《まと》わぬ姿のフィリーネは、ベッドの上に手足を投げ出して、甘い責め苦を受け続けていた。大きく開かれた脚の間には彼女の夫が顔をうずめている。彼が頭を動かすたびに、柔らかい金髪がフィリーネの内股を撫でた。彼女がくすぐったくて身を捩《よじ》ると、白いシーツに褐色《かっしょく》の髪が広がる。

「や、ジェスライール、も、やめ……」

喘ぎながらも、フィリーネはジェスライールの頭を押しのけようとした。ところが、舌の先で敏感な花芯をくすぐられると、それどころではなくなってしまう。身体をくねらせ、彼の頭を両手で掴んでいる姿は、まるで自ら股間に押しつけているかのようだ。

「だ、め、汚い、から……」

脚の付け根からは、ぴちゃぴちゃと猫がミルクでも舐めているかのような音がしている。たまらなく恥ずかしくてフィリーネは頬を赤く染めながらイヤイヤと頭を振った。

ジェスライールがふとフィリーネの秘裂から顔を上げて、嫣然《えんぜん》と笑う。彼の唇はフィリーネの蜜でしとどに濡れていた。

「君に汚いところなんかどこにもない」

そう言って再びフィリーネの脚の付け根に屈み込むと、ぬかるんだ蜜口と花弁に舌を這《は》わせた。

ぴりっと背筋を走る快楽に、フィリーネは白い裸体をくねらせる。その手がシーツを掻いた。

「はぁ……ん、んんっ、や、あ、だめ、舐めないで！」

「なんで？　君の蜜はこんなに甘いのに」

濡れた秘裂にふっと息を吹きかけ、フィリーネを震わせてから、ジェスライールは充血した花芯をくすぐるように舐めた。フィリーネはビクンと腰を跳ね上がらせる。

「はぁぁぁ……ん！」

もうどのくらいこの責め苦を味わっているだろうか。

リルカたちが用意してくれた艶《なま》めかしい夜着はとっくに引きはがされ、ベッドの端に追いやられていた。

それからずっと手や唇や舌で、全身を丹念に愛撫されている。それ自体はいつものことだが、今日は少し違っていた。フィリーネの感じる場所――胸の先端や蜜壷には、まったく触れてくれないのだ。胸を愛撫する時は先端を避け、秘裂も入り口だけ舌で掻き混ぜる程度。

それでも巧みな愛撫に軽くイカされてしまうものの、フィリーネは全然物足りなかった。

――長い指でもっとあそこを弄《いじ》ってほしい。胸の先端も苛《いじ》めてほしい。

そう思ってしまうのだ。

この一ヶ月の間に、フィリーネの身体はジェスライールによって開発され、淫《みだ》らに開花していた。ジェスライールに触れられるだけで蜜を零し、意地悪い言葉で責められると悦びに震える。そんな身体にされてしまったのだ。

――ああ、私はすっかりおかしくなってしまったんだわ。

もはや何も知らない無垢な娘には戻れなかった。

ジェスライールの髪の毛が内股をくすぐり、その感触にフィリーネはふるっと震える。それだけで奥から蜜がとろりと流れ出した。

「あ、んんっ、お願い、もう……」

フィリーネは涙を零しながらジェスライールにねだる。

けれど、ジェスライールは首を横に振った。

「だめだよ。もっといっぱい欲しがって、僕のこと」

「欲しい。欲しいの。お願い、だからぁ……！」

フィリーネはシーツをぎゅっと握り締め、髪を振り乱して訴える。けれど、ジェスライールは何も言わずフィリーネの花芯をぱくりとくわえ、吸いながら軽く歯を立てた。

「あっ……あああぁぁ！」

背中を反らしてフィリーネは軽くイッた。奥からどっと蜜が溢れ、ジェスライールの口がそれをじゅるっと吸い上げる。

ジェスライールは顔を上げ、びくびくと痙攣《けいれん》するフィリーネを見て、くすっと淫靡《いんび》に笑う。

「知ってるかい？　君のここは官能が高まれば高まるほど甘くなっていくんだよ。苛めれば苛めるほど甘くなるだなんて、一体どうなっているんだろうね」

「や、しら、ない」

フィリーネは首を横に振った。ジェスライールはことあるごとにフィリーネを甘いと言うが、そんなところが甘いわけはないのだ。

「じゃあ僕だけが感じる甘さなのかな？　それでもいい。君を味わうのは僕だけなのだから」

彼の独占欲を感じさせる言葉に、フィリーネの子宮がきゅんと疼《うず》く。

けれど、その時なぜか王妃の言葉が蘇《よみがえ》って、フィリーネはハッとした。

『あの子を愛しすぎてはだめよ』

――違う、愛してなんかいない。ただの友情。仲間意識。それだけだわ。

けれど、そう思う傍《そば》から自問する声が聞こえる。

――ならばどうして、愛してもいない男性に身体を開くの？　こんなに溺れているの？

――それは跡継ぎが必要だから。彼が狂ってしまう前に家族を与えてあげたいから。

——だから同情で抱かれるの？

——違う、同情じゃない！

「フィリーネ？」

突然硬直してしまったフィリーネを、ジェスライールが怪訝《けげん》そうな顔で見下ろしていた。フィリーネは慌てて頭を振る。

「ううん。なんでもないの。それよりもジェスライール。お願いすれば……くれるの？」

ジェスライールはしばらくフィリーネをじっと見ていたが、やがて頷いた。

「ああ。イヤらしくねだってくれたら、君の欲しいものをあげるよ」

——私の欲しいもの。本当に欲しいものは……

ぎゅっと目を瞑《つぶ》り、頭に浮んだ考えを振り払いながらフィリーネは起き上がる。そして四つんばいになってお尻を高く上げた。死ぬほど恥ずかしいけれど、経験上、この体勢がもっとも彼の欲望を煽ると知っている。

優しくて完璧な王子であるジェスライールは、ベッドの上では姿を消す。意地悪で淫《みだ》らな支配者の姿を、フィリーネにだけ見せるのだ。

——もう狂いかけているのかもしれないけれど、それでもいいと思ってしまう私は、きっともうおかしくなっているんだわ。

フィリーネは軽く脚を開き、震える指で花弁を開いてみせる。そこはジェスライールの愛撫により、蜜をたたえて真っ赤に充血していた。

「お願い、ジェスライール……。私のここに、あなたのものを入れてください……」

恥ずかしさのあまり声が震えた。顔だけでなく、全身が真っ赤に染まっているのが自分でも分かる。こんな淫らな姿を見たら、リルカやジストたちはきっとびっくりするだろう。

ジェスライールの手がフィリーネの腰にかかる。フィリーネの身体が期待にぶるっと震えた。そして次の瞬間、ぬぷっと音を立てて、何かがフィリーネの蜜壷に埋まっていく。その衝撃にビクッとしながらもフィリーネは首を横に振った。

「あっ……それ、は……」

それはジェスライールの指だった。フィリーネが望んでいたものではない。

「ん？　これが欲しかったんじゃないのかい？」

ジェスライールはくすっと笑い、フィリーネの白く滑《なめ》らかな背中にキスを落としながら、じゅぷじゅぷと抜き差しを繰り返す。

「ちが……や、んっ」

「嫌なの？」

「あっ、くっ……」

ぐるりと指が回転し、膣壁《ちつへき》を強く擦《こす》り上げる。フィリーネは腰を震わせながら首を横に振った。

「嫌じゃない、の。だけど……あん、んんっ」

指を曲げてお腹側の感じる場所を突かれ、フィリーネは背中を弓なりに反らす。

ジェスライールと夜を共にし始めたばかりの頃は、指一本でも異物感があり、なかなか慣れなかった。ところが今ではもう違和感なく、容易に呑み込めるようになってしまっている。

「もちろん、いやじゃないよね。だってフィリーネの腰、動いているもの」

その通りだった。抜き差しされる指の動きに合わせて、フィリーネは無意識に腰を動かしていたのだ。

「や、あ……」

指摘されたフィリーネは目を潤《うる》ませ、恥ずかしさのあまりシーツに顔を伏せる。そのせいでお尻の位置が高くなり、ジェスライールから大事な部分が丸見えになってしまったが、フィリーネはそれに気づかなかった。

「君のここが僕の指をきゅうきゅう締めつけているのが分かるだろう？」

ジェスライールはぬぷぬぷと音を立てて指を出し入れしながら笑う。彼が指を押し込めばフィリーネの媚肉は嬉しそうに絡みつき、抜こうとすると逃がさないとばかりに締めつけていた。

「や、ぁ」

シーツに顔を擦《こす》りつけるようにして必死に頭を振る。けれど、ジェスライールに言葉で責められるたびに、フィリーネの身体はさらに反応をしてしまうのだ。

——ああ、私は本当に淫《みだ》らな女になってしまったのね。

「可愛くて、イヤらしいフィリーネ。君がこんなに淫乱なのを知っているのは、僕だけだ」

満足そうな声を出すと、ジェスライールはフィリーネの膣《ちつ》を指で犯しながら尋ねる。

「フィリーネ。もっと欲しいかい？」

フィリーネは何度も頷いた。指なんかよりもっと太いもので貫かれたかった。

「欲しいなら言って？」

ジェスライールはまたフィリーネ自身に言わせようとしている。フィリーネはのろのろと顔を上げ、目を潤ませながら振り返った。

「欲しいの。ジェスライールの太いのを、奥まで入れてください」

最初の恥ずかしさは薄れていた。さんざん焦《じ》らされて子宮がずきずきと痛いくらいに疼《うず》き、もうこれ以上我慢できなかった。

フィリーネの赤くなった頬と潤んだ瞳を見つめ、ジェスライールはごくりと喉を鳴らす。そして彼女の腰を両手で掴んで後ろから貫いた。

「あっ、あぁあああ！」

望んでいたものを与えられ、フィリーネの喉から甘い悲鳴があがった。太い怒張がぐずぐずにとけたフィリーネの孔《あな》を押し開き、奥まで一気に犯す。

「あっ、くっ、んっ、は、んんっ」

寝室には肉がぶつかり合う音と、粘着質な水音が響いていた。ジェスライールの肉茎が出し入れさせるたびに蜜が飛び散り、二人の下肢を濡らしていく。

――おかしくなる、おかしくなっちゃう……！

粘膜を擦り上げられる快感と、奥を穿《うが》たれる快感。それに加えて胸の先端がシーツに擦れ、フィリーネを翻弄《ほんろう》していた。

「あん、んン、ぁあ、ん、あぁん！」

「フィリーネ。気持ち、いいかい？」

蜜がまぶされてらてらと光った肉茎をギリギリまで引き抜き、またゆっくり時間をかけて押し込めながらジェスライールが問う。

「あ、ん、きもち、いい……きもち、いいの……！」

奥の感じるところをずんずんと突き上げられ、悶《もだ》えながらフィリーネは叫んだ。

ジェスライールの手が腰から離れて、胸の膨らみを下から捉える。柔らかい肉にジェスライールの指が食い込んだが、フィリーネはもう優しい愛撫など求めていなかった。

「ああっ、ん、んぁ、ぁあ」

二人の動きに合わせてベッドが軋《きし》む。淡いランプの光に照らされて、獣のような体位で交わる二人の影が天蓋《てんがい》に躍っていた。

やがてジェスライールに腕をとられ、繋がりがさらに深くなる。

「はぁ、あ、奥、当たるの……！」

子宮の入り口に届いてしまうのではないかと思うほど深く抉《えぐ》られ、涙を散らしながらフィリーネは訴える。嫌だったからではなく、気持ちよかったからだ。

「フィリーネは、奥を擦《こす》られるのが好きだものね」

奥の感じる場所をずんずんと穿《うが》ちながらジェスライールが笑う。

「あんっ、あふ、あっ……！」

「フィリーネ……」

ジェスライールはフィリーネの顔を振り向かせてその唇を塞いだ。

「んぅ、んっ、んぁ」

苦しい体勢でキスされているのに、フィリーネは彼の舌を悦んで受け入れる。その間も腰の動きは止まらず、フィリーネの深奥を犯し続けていた。

「ああっ、ああああ!」

何度目かの絶頂がフィリーネを襲い、膣壁《ちつへき》が蠕動《ぜんどう》してジェスライールの怒張に絡みつく。熱く締めつけ、奥へ引き込もうとする媚肉の誘惑を振り切るように、ジェスライールの動きが早くなった。

「あ、あ、あっ……」

フィリーネの口から喘ぎ声がひっきりなしにあがる。すでに頭の中は真っ白に染まり、ジェスライールがもたらす悦楽《えつらく》をただ享受《きょうじゅ》することしかできない。

「ああ、また、くる……!」

大きな波がフィリーネを押し流そうと再び迫ってきていた。

その時、ジェスライールの怒張に最奥を抉《えぐ》られて、フィリーネの身体が激しく痙攣《けいれん》した。

目の前に火花が散り、一際高い嬌声《きょうせい》がフィリーネの口からあがる。

「ああ、い、――ぁああああっ!」

フィリーネは再び絶頂に追いやられた。頤《おとがい》を反らし、身体を何度も何度も引きつらせる。

「フィリーネ、フィリーネ。君は僕のものだ……」

ずぶずぶと奥を穿《うが》ちながらジェスライールがフィリーネの耳元で何度も呟く。その声の調子と、熱い楔《くさび》がさらに張り詰めていく様子から、フィリーネはジェスライールも限界に近いことをぼんやりと悟った。

媚肉が激しく収縮し、猛《たけ》った肉を熱く締めつける。

「くっ、出る……！」

一際強く貫かれたその直後、身体の奥にジェスライールの子種が注がれる。その熱さに激しい快感を覚えてフィリーネは身を震わせた。

熱狂の時が過ぎ、ジェスライールはフィリーネの上からそっと身体を起こした。

「あ、ふ……」

未だに硬度を保っている肉茎が蜜壷から引き抜かれていく。フィリーネは寂しさを覚えながらも、心地よい疲れを感じてベッドに身を横たえた。

ジェスライールもその隣に身を横たえ、フィリーネを優しく抱き寄せる。そして彼女の背中を撫でながら囁《ささや》いた。

「フィリーネ。僕の妻、僕の心。……愛している」

その瞬間、フィリーネは自分の心の奥底から歓喜が湧き上がるのを感じた。

──ああ、私はなんて馬鹿なの。王妃様に愛してはいけないと言われていたのに。

けれど、もう認めるしかなかった。フィリーネはジェスライールを愛している。おそらく最初に会った時から強く惹かれていたのだ。

だからこそ、抱かれた。いずれ狂ってしまう運命の彼に子どもを産んであげたいと思ったのも、好きだったからだ。

――ジェスライールには運命の番《つがい》がいるのに。私はかりそめの番に過ぎないのに。

けれど、フィリーネは愛してしまった。

優しくて、頑張り屋で、ベッドでは意地悪なこの王子様を。

ジェスライールはフィリーネの背中を撫でながら、彼女のむき出しの肩にキスを落とした。

「疲れたかい？　少し休むといい」

「……はい」

フィリーネは頷き、ジェスライールの身体に寄り添って目を閉じる。

――本当に私は馬鹿だわ。

心の中で自分を罵《のの》りながら、フィリーネは心地よい眠りに落ちていった。

＊　＊　＊

ベッドにぐったりと横たわるフィリーネ。その頬にキスをしたジェスライールは、名残惜しく思いながらも彼女から離れた。

このまま彼女を見つめていたいが、あいにくクレマンから呼び出しがかかっていた。わざわざこの時間に呼び出すのだから、よほどのことなのだろう。

ジェスライールは素早く服を身につけると、フィリーネの世話をリルカに任せ、翡翠宮《ひすいきゅう》にある書斎へ向かった。

「お休みのところ申し訳ありません」

書斎で待っていたクレマンが、ジェスライールに頭を下げる。

「泳がせていたネズミの動きが活発化してきているようです。おそらく、そろそろ何かしらの行動に出るでしょう」

案の定、クレマンの用件はグローヴ国の間者のことだった。

ジェスライールはやれやれとため息をつく。

「標的は僕か？　それともフィリーネ？」

「おそらく妃殿下かと。偶然を装《よそお》って翡翠宮の近くをうろついているようですので」

「……そうか。できれば僕を標的にしてほしかったんだが」

前髪を乱暴に書き上げると、ジェスライールは書斎の椅子に腰を下ろした。

「それで？　ネズミは『あの人』と接触したのか？」

「まだ接触はしていません。まぁ、相手も馬鹿ではないということでしょう」

「そうか。なかなか尻尾を出さないな」

しばらく考え込んだあと、ジェスライールは立ち上がった。

「ひとまず翡翠宮《ひすいきゅう》の警備はそのままにして、しばらく様子を見よう」

「承知いたしました」

クレマンは頭を下げると、書斎から静かに出ていく。

「間者が動く、か。彼の方は一体いつ動くつもりだろうか？」

一人書斎に残ったジェスライールは、小さくため息をついた。

＊　＊　＊

「やぁ、フィリーネ、元気そうじゃないか」

「あらあらメルヴィンおじ様、お久しぶりです。おじ様に言いたいことがあって、ずっと待っていたんですよ？」

一ケ月以上も経ってからようやく翡翠宮を訪れたコール宰相に、フィリーネはわざとらしい笑みを浮かべた。

「すまない、色々忙しくてね。もっと早く会いに来るつもりだったんだが」

フィリーネが放つ怒りのオーラを気にもとめず、にっこり笑うコール宰相。

それを見たフィリーネのこめかみに青筋が浮かんだ。

――この狸《たぬき》が！　何が忙しい、よ。わざと顔を出さなかったくせに！

こちらが怒り狂っていることを知っていたからこそ、わざと顔を出さなかったに違いない。

フィリーネは淑女《しゅくじょ》らしさをかなぐり捨てて、向かいに座るコール宰相に食ってかかった。

「どうしてちゃんと説明してくれなかったの？　絶対わざとでしょう！」

「おや、なんのことかな？」

「とぼけないでよ！　王宮に来たら即結婚になることや、王太子妃というのが名ばかりじゃなくて子どもを産むことまで期待されてるって、どうして教えてくれなかったの！」

バンバンと机を叩きながら詰問《きつもん》するフィリーネに、コール宰相はあっけらかんと答えた。

「そりゃ聞かれなかったからだ」

「はぁ!?」

「私は確かに黙っていたが、聞かれたらちゃんと答えるつもりでいたんだよ？　でもフィリーネは王太子妃になって具体的に何をすればいいのか、聞かなかったじゃないか」

「そりゃあ……そうだけど」

「むしろ聞いてもいないのに、どうして名ばかりだと思っていたのか、こちらが聞きたいくらいだね」

「ぐっ」

痛いところを突かれてフィリーネは言葉に詰まる。確かにフィリーネはコール宰相に確認することを怠《おこた》った。けれど、コール宰相がわざと誤解するような言葉を使ったのも確かだ。

怒り心頭のフィリーネが無言で睨《にら》みつけると、コール宰相はにやりと笑った。

「そうやって怒ってみせても、私はちゃんと聞いているぞ？　殿下とフィリーネの仲むつまじさを。毎晩のように閨《ねや》を共にしているらしいな」

「う……」

思わぬことを言われてフィリーネの頬が赤く染まった。コール宰相は手を振っていやいやと否定する。

「別に茶化しているわけじゃない。むしろお礼を言いたいと思ってな。殿下はこの結婚に反対なさっていたから、フィリーネには手を出さないかもしれないと危惧していたんだ。だが蓋《ふた》を開けてみれば、子作りにも乗り気なようだ。だから、フィリーネにはお礼を言いたい」

「え？　お礼？」

きょとんとするフィリーネに、コール宰相は苦笑いを浮かべた。

「私が言えた義理ではないが、フィリーネには殿下のお子を何人でも産んでもらいたい。この先どうなるか分からない殿下に、家族を与えてあげてほしいんだよ。生きがいと生きた証をね」

「おじ様……」

フィリーネは驚いてコール宰相を見つめた。てっきり跡継ぎのことばかり気にしているのかと思ったが、どうやらジェスライールのためを思ってのことらしい。

そういえば彼は王室の熱狂的な信奉者でもあったなと思い出し、フィリーネは納得した。

――これじゃあ、怒るわけにはいかないわね。

それにコール宰相には、ジェスライールと会わせてもらった恩もある。フィリーネは仕方ないと思ってしぶしぶ怒りを収めた。

そこでコール宰相が思い出したように言う。

「そういえば、先日キルシュ侯爵家に行ってみたのだよ」

「まぁ、みんな元気でした？」

フィリーネは身を乗り出して尋ねる。手紙のやり取りはしているが、やはり実際に見てきた人の感想を知りたいのだ。

「ああ、アイザックたちもベンたちも元気にやっている。みんな、フィリーネは元気でやっているかと気にしていたぞ」

「よかったわ」

フィリーネはホッと安堵の息をつく。

「グローヴ国のことが片付いたら、殿下に頼んで里帰りさせてもらうといい」

「ええ」

それから二人はキルシュ侯爵領や領地のことについてしばらく話した。

「おっと、つい長話をしてしまったな」

慌てて立ち上がったコール宰相に、フィリーネは言う。

「今日は来てくれてありがとう、おじ様。玄関まで見送るわ」

そうして侍女のリルカを伴い、三人で宮殿の正面玄関へ向かう。

「では、フィリーネ。また蜜月が終わる頃にでも顔を……」

コール宰相がそこまで言った時だった。玄関の扉が開き、若い男性が入ってきた。

「あ、宰相閣下《かっか》！　お探ししておりました！」

「なんだね、君は？」

コール宰相が怪訝《けげん》そうな目を向ける。男性は彼に頭を下げて言った。

「外務省の秘書補佐官をしております、アリダと申します。外務大臣カルバン・レイディオ様から、大至急重臣の方々を集めてほしいと言われました。急ぎ報告したいことあるそうなので、すぐに外務大臣室へ向かってください」

「緊急事態だと？　分かった。すぐに行く」

真剣な顔で頷くと、コール宰相は挨拶《あいさつ》もそこそこに玄関を出た。その慌ただしい様子にフィリーネは苦笑を浮かべたが、すぐに「あれ？」と思う。コール宰相と一緒に出ていくはずの男性が、その場に残ったからだ。

リルカも怪訝に思ったらしく、フィリーネを庇《かば》うように前に出て男性に声をかける。

「そこのあなた。ここは翡翠宮《ひすいきゅう》ですよ？　今すぐ出ていきなさい」

けれど男性はその言葉を無視して、リルカの後ろにいるフィリーネを見る。

「もしや王太子妃殿下でいらっしゃいますか？」

「あなたには関係ありません」

リルカはそう答えたが、否定しなかったことから、男性はフィリーネが王太子妃だと確信したようだ。

次の瞬間、彼は予想もしなかった動きに出る。リルカを床に突き飛ばし、フィリーネを捕まえて布を口に当てたのだ。

フィリーネは布に染み込ませてあった薬品を吸ってしまい、そのまま意識を手放した。男はフィリーネの身体を肩に担ぎ上げ、宮殿の中へと進む。

「フィリーネ様！　……誰か！　誰か来て！　侵入者よ！」

リルカの切羽詰《せっぱつ》まった声が響き渡り、翡翠宮は騒然となった。

＊＊＊

フィリーネが拉致されたという報せは、すぐにジェスライールのもとに届いた。彼は側近のクレマンを残し、一人執務室から出て翡翠宮へと急ぐ。

翡翠宮の内部は騒然としていた。普段は外を守っている警備兵たちが、建物の中に入って犯人を探し回っている。

あえて外ではなく中に逃げ込んだのは、おそらく敵の作戦だろう。警備兵の注意を引きつけ、その間に手薄になった出口から逃げるつもりなのだ。

犯人の気配をたどり、ジェスライールは中庭に出る。すると、茜色に染まった空の下、噴水の陰にじっと身を潜《ひそ》めている男がいた。

「こんなところにネズミが隠れていたわけか」

そのジェスライールの声と同時に、噴水の水が勢いよく噴き上がって男に襲いかかった。驚いた男は担いでいたフィリーネの身体を地面に落とす。

大量の水が逃げ回る男を何度も襲う。ようやくそれが止み、全身ずぶ濡れになった男が顔を庇《かば》っていた腕を下ろす。すると、傍《そば》にあるはずのフィリーネの身体は消えていた。

「なっ……」

「こっちだ」

びくっとした男は、恐る恐る声の方を振り向く。するとそこにはフィリーネの身体を腕に抱いたジェスライールの姿があった。

「ネズミが穴から這《は》い出て何をするつもりなのかと思ったら、王太子妃の誘拐とはね。しかし運がよかったな。彼女に傷一つでもつけていたら、すでにお前の命はなかった」

怯える男に向かって、ジェスライールは冷酷な笑みを浮かべる。

「まあいい。どこの誰の指示なのか、じっくり吐き出させてやる」

その瞬間、再び水が襲いかかり、男の腕と足に蛇のように巻きついた。

「何⁉」

ぐるぐると四肢を縛られ、男は身動《みじろ》ぎもできなくなる。

「……化け物」

男が思わずといったように呟いた。けれど、ジェスライールは少しも怒りを覚えることなく笑う。

「只人《ただびと》から見れば、確かに僕らは化け物だろうさ。そんな化け物に挑もうとするお前たちも大概だけどね」

男は身震いすると、口内に仕込んでいた何かを噛み砕いた。

「しまった」

ジェスライールは間者が毒を呑んだことに気づいて舌打ちする。そして「水」の力を使って毒を浄化しようとした。けれど、すでに毒は全身に回っていて、浄化することは不可能だった。

水に拘束されたまま男は絶命する。ジェスライールが水の縛りを解くと、男の身体は土の上にどさりと倒れ込んだ。

「……クレマンに文句を言われるな。せっかく警備を薄くしてまでネズミを泳がせたのに、これでは全てがパァだ」

もっとも、クレマンたちの調査によれば、男は間者の中でも下っ端のようだ。いくら尋問したところで、裏で糸を引く人物までは分からないだろう。

ため息をつくと、ジェスライールは薬で眠らされているフィリーネを見下ろす。

「僕のせいだな。すまない、フィリーネ……」

そう言いながら、彼はフィリーネの身体をぎゅっと抱き締めた。このまま離したくないとさえ思う。けれど、翡翠宮《ひすいきゅう》の内部ではリルカたちが必死になってフィリーネを捜している。いつまでもこうしているわけにはいかないだろう。

「僕が君を手放すのが最良だとは分かっているんだ。……でも、ごめん。僕はもう君を手放せない」

フィリーネのふっくらした唇にキスを落とすと、ジェスライールは建物の方に向かって歩き始めた。

「間者はおそらく切り捨てられたのでしょう」

翡翠宮《ひすいきゅう》にやってきたクレマンは、ジェスライールの話を聞いて、開口一番そう言った。

「お前もそう思うか」

「ええ。翡翠宮だけならともかく、この王宮からフィリーネ様を連れ出すなど無謀すぎます。しかも単独で実行させるなどありえません」

クレマンは眉をひそめながら続けた。

「おそらく我々が間者を泳がせていることに気づいて、『あの方』が切り捨てたのでしょう。わざと不可能な指示を与えて、殿下に追い詰めさせた。作戦に失敗した間者がその場で自決すれば、私たちはこれ以上探りようがないわけですよ」

「さすが、と言うべきか……」

ジェスライールは深いため息をつく。

「やはり、フィリーネ様が標的なのは明らかですね。……どうします？　私たちには彼をクロだと決定づける証拠はまだありません」

「彼が直接フィリーネに手を下すことはないと思うが……」

少し考え込んだあと、ジェスライールは心を決めて顔を上げた。

「クレマン、来月の竜王の命日だが、墓所へは叔父上に行ってもらおう。この時期に一週間もフィリーネのもとを離れるわけにはいかない」

クレマンは意外そうに眉を上げる。

「墓所へ行かないおつもりですか？　もしかしたら呪いが解けるかもしれないのに？」

「ああ。どのみち番《つがい》を見つけるつもりはない。僕にはフィリーネがいればいい」

きっぱり言うと、これ以上の議論は無用だとばかりにジェスライールは立ち上がる。クレマンから絶対に小言を言われると思ったが、彼は意外にも冷静だった。

「言うと思いましたよ。はっきり言って馬鹿だと思いますが、仕方ないですね。墓所へはシェルダン殿下に行っていただきましょう」

そう言いながらクレマンも立ち上がるのだった。

＊＊＊

フィリーネが目を覚ましたのは、それから三時間後のことだった。

外務省の秘書補佐官だという男に気絶させられたことは覚えている。だが、あの男がグローヴ国の間者で、自分を拉致しようとしたと聞いても、正直あまりピンとこない。

嗅《か》がされた薬の後遺症もなかったことから、フィリーネは早々に事件のことを忘れた。けれど、あれ以降、翡翠宮の警備は大げさすぎるほど強化され、リルカなどは神経質とも言えるほどフィリーネの周辺に気を配っている。

ジェスライールも少しの暇さえあれば翡翠宮に戻ってきて、フィリーネの傍《そば》にいるようになった。

しかも、彼女から決して目を離そうとしない。まるで少しでも目を離したら、どこかに行ってしまうとでも言わんばかりに。

——私はここにいるのに。

そう思いつつも、フィリーネはその独占欲が嬉しかった。錯覚だと分かっていても、彼に愛されているという気持ちになれるからだ。

夜の営みも一層甘く激しくなり、フィリーネは毎夜女としての喜びを噛み締めている。

この幸せが長くは続かないと分かっているだけに、一つ一つのことがとても愛おしく思えるのだった。

だからこそ、フィリーネは気づくことができなかった。自分の幸せの裏側で、ジェスライールが何かを犠牲にしようとしていることに。


その日、翡翠宮《ひすいきゅう》の応接室で、フィリーネは思いもかけない人物の訪問を受けていた。

「やぁ、一ヶ月ぶりだね」

そう言って微笑んだのは王弟のシェルダンだ。

「グローヴ国の間者が翡翠宮で捕まったそうだね。君は大丈夫だった？」

「はい。殿下のおかげで怪我一つありませんでした」

礼儀正しく会話を交わしながらも、フィリーネはシェルダンの突然の訪問に困惑していた。

——陛下とシェルダン殿下は、翡翠宮への訪問を控えると言ってなかったかしら？

その疑問が顔に出ていたのだろう。柔らかな笑みを浮かべたままシェルダンは言った。

「兄上には渋い顔をされたけれど、一応許可なら取ってあるよ」

「そ、そうですか」

「ああ。蜜月を邪魔するような真似はしたくないのだけど、君にお願いがあってね。そのために、わざわざジェスライールが公務で不在にしている時に伺わせてもらったんだ」

「え？」

目を瞬《しばたた》かせながら、フィリーネはシェルダンを見つめた。

「君にジェスライールを説得してほしいんだ」

「え？　殿下を説得？」

話がまるで見えなくてフィリーネは眉を寄せる。するとシェルダンは苦笑した。

「ああ、つい先走ってしまった。説明をしなければ意味が分からないよね。実は半月後、十二年ぶりに竜王グリーグバルトの命日がある。その日、王族の誰かが王の名代として『沈黙の森』を訪れる決まりがあるのは、君も知っての通りだ」

「はい」

十二年前のその日、墓所に赴《おもむ》いたジェスライールは巫女《ミルドレッド》に遭遇して呪いを受けてしまった。それはフィリーネも知っている。

「今回も前回と同様、ジェスライールが森へ行くことになっていた。ところが、例の間者の侵入事件があったあと、ジェスライールは森へは行かないと言い出したんだ」

「え？」

それは初耳だった。だが、それならシェルダンが行くという手もあるはずだ。

「王弟の僕が名代を務めるのは簡単だよ。でも、僕らにはジェスライールに行ってもらいたい理由がある。竜王の命日は、『沈黙の森の巫女《みこ》』に出会える可能性がもっとも高いんだよ」

「あ……」

フィリーネは事の重大さをようやく理解した。普段は姿を現すことがないという「沈黙の森の巫女」。だが竜王の命日となれば、彼女が森に現れることも充分に考えられる。

「ジェスライールの呪いを解く絶好の機会になると思う。だから、僕らはジェスライールに行ってほしいと思っている。それなのに、あの子はその唯一の機会を君のために逃そうとしているんだ」

「……私のため？」

フィリーネは目を見開いた。

「ああ。君がいるから番《つがい》を見いだす必要はないと、そう言い切った」

「そんな……殿下……」

フィリーネは震えながら呆然と呟く。

『愛している』

最近、身体を重ねている時によく囁《ささや》かれる言葉が、耳の奥に蘇《よみがえ》った。

あれは閨《ねや》の中だけのことだと思い、自分にもずっとそう言い聞かせていたのに。

——嬉しいと、思ってしまった。

その先に待っているのが悲劇だと分かっていながら、浅ましくもフィリーネは喜んでしまったのだ。まだ見ぬ真の番より、偽りの番である自分を選んでくれたのだと。

「私……」

フィリーネは己に失望し、両手で顔を覆《おお》った。

――私、最低だわ。ジェスライールの命より、自分の幸せを優先するなんて。

「ジェスライールに『沈黙の森』へ行ってもらうことがどんなに重要か、分かってもらえたかな。だからフィリーネには、森へ行くようジェスライールを説得してほしいんだよ」

「……はい」

フィリーネは顔を覆ったまま頷いた。涙がポロリと零れて指を濡らす。

愛している、真の番より大切だと言ってもらえた。……それだけで充分だ。

いずれ番を見いだしたジェスライールに捨てられるとしても。彼の中でフィリーネへの想いがあっさり消え去るとしても。

――彼に愛された記憶だけで、きっと私はこの先も生きていける。

しばらくして顔を覆っていた手を外し、涙を拭ったフィリーネは、改めてシェルダンに言う。

「必ず私が殿下を説得します。いえ、してみせます」

シェルダンはホッとしたように微笑んだ。

「ありがとう。君には嫌な役目を押しつけてばかりで、すまないと思っているんだ」

「いえ。私は嫌な役目だなんて思っていません。……でも、お気遣いありがとうございます」

フィリーネも微笑み、深く頭を下げた。

そして話が終わったタイミングで、シェルダンに問いかける。

「シェルダン殿下。お聞きしたいことがあるのですが、いいでしょうか？」

「聞きたいこと？　いいよ。僕に答えられることであれば」

柔和《にゅうわ》な笑みを浮かべるシェルダン。

少しだけ逡巡したあと、フィリーネは思い切って尋ねた。

「王族にとって、番《つがい》とはなんなのでしょうか？　シェルダン殿下は番を病で亡くされたと伺いました。でも、狂ってはいませんよね？　番を見いだせないと狂うのに、番を亡くしても狂わない。その二つは何が違うのでしょうか？」

かなり失礼な質問だと、自分でも思う。けれど、フィリーネが知りたいことの答えを持っているのは、番を失った経験を持つシェルダンだけだと思ったのだ。

「うーん、いい質問だが、非常に答えづらい質問だね」

シェルダンは気を悪くしたふうでもなく、小さく笑った。

「王族にとって番は、自分の半身であり、魂の欠片であり、そして本能が選ぶ唯一の相手でもある。この本能というのが実に抽象的で、理解してもらうのは難しいかもしれないけれど、平たく言えば僕らは竜の血を次代に受け継がせるため、最適な相手を番として選んでいるんだ。それを運命の選んだ相手などと、耳触りのよい言葉で表現しているだけさ」

「竜の血を次代に受け継がせるために、最適な相手？　えっと、それはどういうことですか？」

フィリーネは頭の上に疑問符を浮かべた。

「具体的に例を挙げよう。王族が番でない女性に産ませた子どもと、番に産ませた子どもとでは、生まれながらにして持っている『力』に大きな差があるんだ。そう言えばもう分かるね？」

フィリーネはハッとして、とっさに自分のお腹を押さえた。その動作の意味に気づいたシェルダンは頷く。

「そう。番でない女性がジェスライールの子どもを身ごもっても、その子どもは弱い力しか持てない。だからこそ、少しでも力が強い子どもが生まれるようにと、王族の血が混じっている君が選ばれたというわけだ」

――ああ、そういうわけだったのね。

フィリーネはようやく得心がいった。……割り切れない思いもあるけれど。

「あとは二つ目の質問だね。番を得ていない状態と、番を亡くした状態。どちらも番がいないということには変わりない。でも決定的に違うものがあるんだ。これだよ」

そう言って、シェルダンは胸元から首飾りを取り出した。手の平に乗せられたそれには涙型の石がついており、その石は血のように真っ赤だった。

「これは？」

「僕と彼女の血で作られた石だ。これに彼女の魂を封じてある」

「た、魂？」

フィリーネはぎょっとして身を引く。そんなフィリーネに構わず、シェルダンは石を見つめてうっとりと呟いた。

「これを身につけていれば、常に彼女の魂が寄り添っていてくれる。番《つがい》を亡くした竜はみんな同じように相手の魂を現世に留まらせ、死ぬ時はその魂を胸に抱いてこの世を去る。僕らはずっとそうしてきた」

「つ、つまり、もし陛下が先に王妃様を亡くしたら……？」

「兄上も僕と同じことをするだろう。義姉上《あねうえ》の魂を無理やり現世に引きとめ、傍《そば》に置き続ける。これが僕ら王族の愛し方なんだ」

フィリーネはゾッとして思わず立ち上がった。王族の番への執着を改めて思い知り、背筋が震える。シェルダンはそんなフィリーネの様子を見てクスクスと笑った。

「異常だと思うだろう？　そうとも、僕ら王族と番の関係は歪んでいる。番の中には、王族の重すぎる愛に恐怖を抱く者も少なくない。運命の相手と言っても、それが分かるのは王族側だけだからね。番側からすれば、その王族が運命の相手かどうかなんて分かるわけがない」

つまり、王族が一方的に相手を見初《みそ》めるのだ。王妃のように思いに応えてくれる場合もあれば、恐怖を覚えて拒否し続ける場合もあるのだろう。

「僕らの執着は一方的で、とても重い。だからこそ、過去に何度も悲劇が生まれたんだ。王族が見いだした番が、すでに他の男のものだったとかね。自分のものにならない相手に恋焦がれたまま一生を終えた王族もいれば、愛し合う二人を強引に引き離し、番に恨まれた王族もいる。……それでも僕らは番を求める。いや、求めざるを得ない。竜の血が僕らをそうさせるんだ」

――なんてこと……

フィリーネは言葉一つ発することができなかった。竜と番の真実に、頭を殴られたような強い衝撃を受けていたからだ。

やがて公務があるからと言って翡翠宮《ひすいきゅう》を辞する際、シェルダンはこんなことを言い残した。

「……僕たちはね、フィリーネ。異常なんだよ。人間と同じ姿形をしているのに、その内面は竜の血に影響され続ける。僕らの存在自体が――歪んでいるんだよ」

第五章　竜王の森

「フィリーネ様？」

椅子に座ってぼうっとしていたフィリーネに、リルカが声をかけてくる。

「大丈夫ですか？　シェルダン殿下から、何か気になることでも言われたのですか？」

「リルカ……」

フィリーネは迷ったのち、シェルダンから教わったことと、王妃から聞かされたことをリルカに語った。

「シェルダン殿下からは、王族と番《つがい》の関係は歪んでいると言われたの。そして王妃様からは、私が傷つくことになるからジェスライール殿下を愛しすぎないようにって。王妃様は陛下からあんなに愛されているのに、それは単にご自身が番だからだと思っていらっしゃる。お二人から話を聞いたあと、王族と番って一体なんなのかなって、考えてしまって……」

「……確かに王族方の番に対する想いは、少し変わっているとは思いますが……」

話を聞いたリルカは何やら考えるそぶりをしたあと、おずおずと続けた。

「でも、それが愛ではないと考えるのは違うと思うのです。王族の番に対する愛と、普通の人間の愛に、どれほどの差があるのでしょうか？　異常？　一方的？　普通の人間の恋愛にだって、そういう例はいくらでもあります。何も王家の方々が特別なわけではありません。違いますか？」

フィリーネはびっくりしてリルカを見つめた。

「愛を誓ったその舌の根も乾かぬうちに、別の女性を好きになる男なんて、星の数ほどいますよ。巫女《みこ》は陛下に捨てられましたが、同じ目に遭った女性は他にもたくさんいるでしょう。だからといって、みんなが巫女のように引きずるわけではありません。それを糧《かて》にして新しい恋に踏み出す人もいる。でも、それは決して愛情が少なかったからではありません。みんなそれぞれ違うのですよ。愛の形というのは」

「……リルカは、強いのね」

彼女の新たな一面を見た気がして、フィリーネはその顔をまじまじと見つめた。リルカはお茶のポットを手に、にっこりと笑う。

「強いというより、達観しているだけです。ジストと婚約にこぎつけるまでには色々ありましたから。あの人は剣術バカだし、真面目で頑固なので、殿下が結婚するまでは自分もしないと決めていたんです。それをどうにか説得してようやく折れてもらったのですよ。もし私が愛されていないと思って諦めていたら、そこまでだったでしょう。今こうして婚約できたのは、私が自分の気持ちを信じていたからです」

リルカは胸を張って言った。ここに至るまで色々悩んだり揺れたりしたこともあっただろう。けれど、リルカは自分の心を信じて頑張ったのだ。だからこそ今がある。

「私も頑張れるかしら……」

フィリーネがボソッと呟くと、リルカは力強く頷いた。

「どうかフィリーネ様のお心のままに。私はいつだってフィリーネ様の味方ですから」

「ありがとう、リルカ」

……たとえ本物の番《つがい》が現れて全てを失っても、ジェスライールへの愛が薄れるわけではない。ジェスライールのフィリーネに対する想いだって、形を変えて残り続けるだろう。

フィリーネは自分の頬を両手で叩いて気合を入れ、すっと立ち上がった。

「リルカ。ジストを呼んできて。これからジェスライール殿下の執務室へ向かうわ」

＊　＊　＊

「フィリーネ？　一体どうしたんだ？」

フィリーネの姿を見たジェスライールは目を丸くした。

リルカとジストの他、数人の護衛を引きつれて執務室にやってきたフィリーネは、被っていたベールを外す。

「殿下にお話があってまいりました」

「話？」

「はい。先ほどシェルダン殿下が翡翠宮《ひすいきゅう》にいらして、色々と聞かせてくださいました」

「叔父上が？」

ジェスライールは驚きに目を見開く。その傍《そば》にいるクレマンが興味深そうに片眉を上げた。

「殿下は、竜王陛下の命日に森へ行くのを取りやめたそうですね」

「……叔父上め、余計なことを」

「やっぱり本当なんですね？」

ジェスライールが小さく舌打ちしたのを、フィリーネは見逃さなかった。

「巫女《みこ》に呪いを解いてもらえるかもしれない唯一の機会なんですよ。殿下が行かなくてどうするんです？」

フィリーネはジェスライールに詰め寄った。けれど、彼は首を横に振る。

「呪いを解いてもらう必要はない。君が僕の傍にいてくれれば番はいらない」

「殿下……」

やっぱりシェルダンが言っていたのは本当のことなのだ。ジェスライールはフィリーネのために、呪いを解けるかもしれない唯一の機会を放棄しようとしている――

そう思った瞬間、フィリーネは胸の奥から熱い想いが湧き上がってくるのを感じた。愛情、歓喜、後悔、それに罪悪感などが入り混じった想いが。

――ああ、私はなんて幸せ者なのだろう。

好きになった相手に愛されている。自分のためなら狂っても構わないとまで思ってもらえている。でも、その幸せとジェスライールの命を天秤《てんびん》にかけることはできない。そうなれば、フィリーネの取るべき道は一つしかなかった。

──これが私の愛の形。

そう自分に言い聞かせながら、フィリーネは首を横に振った。

「いけません、殿下。私のために呪いをそのままにするのは間違っています。そんなことをしてもらっても、私は少しも嬉しくありません」

これは嘘だった。本当は嬉しい。嬉しくて仕方ない。でも、その感情は愛する人を死へと向かわせるだけだ。

「フィリーネ。でも……」

「殿下はこの国に必要なお人なのです。私にとっても、いずれ生まれてくる子どもにとっても」

そう言い、片手をそっとお腹に当てる。まだその兆候はないけれど、遠くないうちに命が芽生えるだろう。フィリーネはそれを確信していた。

なぜなら、竜王がそれを望んでいるのだ。竜の血が脈々と続き、彼が愛した大地と民がこの先もずっと守られていくことを。番《つがい》はそのための存在。竜の血を絶やさぬための安全弁……

不意にそんな考えがフィリーネの頭に浮かんだ。

──あら？　私はどうしてこんな時に全然関係のないことを考えているの？

不思議に思ったが、今は思案している場合ではない。ジェスライールを説得するのが先だ。だからフィリーネは意識を目の前のジェスライールに集中させる。

「沈黙の森へ行きましょう。そして巫女《みこ》に会って、呪いを解いてもらうんです」

「だが、番はもういらな……」

「番なんて関係ありません！　私は殿下に生きていてもらいたいんです！」

バンッと執務机に両手を叩きつける。ジェスライールはびっくりしてフィリーネを見返した。リルカもジストも、冷静なクレマンですら、驚いたようにフィリーネを見る。

「お願いです。森へ行き、巫女と会って呪いを解いてもらってください」

「……」

ジェスライールは無言になり、眉間《みけん》に皺《しわ》を寄せる。どうやら葛藤しているらしい。

ここが正念場だ。そう思ったフィリーネは深呼吸し、宣言するように告げた。

「森へは私も行きます」

「――え？」

「私も竜の血を継いでいるのでしょう？　だったら私にも墓所へ行く資格があるはず。もし殿下が行かないのであれば、私が一人で行って巫女にお願いしてきます」

唖然としているというのは、まさに今のジェスライールの状態を指すのだろう。彼は水色の目を大きく見開き、フィリーネを凝視している。

フィリーネが挑戦的な目で見返していると、思いもよらないところから援護の声があがった。

「ふふふ。殿下、あなたの負けです」

今までずっと黙っていたクレマンが、妙に楽しそうに笑っていた。

「みんなで森に行きましょう。私もご一緒させていただきますよ」

「ありがとう、クレマン。あなたが一緒なら心強いわ」

フィリーネとクレマンは申し合わせたように、にっこりと笑みを交わした。

「おい、クレマン！」

ジェスライールが焦った様子で声をあげる。けれど、クレマンは冷ややかな視線で彼を黙らせた。

「女性にここまで言わせたことを恥ずかしいと思いなさい。ちっぽけな感傷に浸《ひた》るあなたより、妃殿下の方がよっぽど建設的だ」

「ちっぽけな感傷だと？」

「ええ。そうですよ。あなたは独りよがりな思いにとらわれて、妃殿下や他のみんなの気持ちを無下にしようとしているのです」

「そんなことは……」

「それにね、殿下」

クレマンは思わせぶりに笑った。

「あのシェルダン殿下が、あなたに森へ行けと言っているのですよ？　気にはならないのですか？」

その言葉でジェスライールが完全に沈黙した。何か思い当たることがあるらしい。

「森で何が起こるのか、私は大変興味深く思っています。一体何が飛び出してくることやら……。殿下、あなたも知りたくはありませんか？　運がよければ、十二年前のあの日、あの場所で何が起こったのかも知ることができます」

「……そうだな」

深いため息をつき、ジェスライールは白旗をあげた。

彼はフィリーネとクレマン、リルカとジストを順番に見つめると、大きく頷く。

「分かった。みんなで行こう。『沈黙の森』へ。竜王の墓所へ——」

＊＊＊

十日後、フィリーネたちは「沈黙の森」へと出発した。

十二年前はジェスライールとジスト、それに亡くなった護衛を含めた数人の兵士しか同行しなかったが、今回は違う。フィリーネにクレマン、ジストとリルカの他、特別に事情を知らされた数十名の兵士を引き連れての大がかりな旅となった。

フィリーネを連れているおかげで、彼女の実家に里帰りするという口実が使えるからだ。もっとも、実際にはキルシュ侯爵邸には寄らず、一行は森に程近い王家の直轄地《ちょっかつち》へ向かっていた。

直轄地にある王家の別荘には、竜王の命日の前日に到着する。そこに一泊してから墓所へ行く手はずになっている。

偶然にも、竜王の命日はフィリーネたちの結婚式のちょうど二ヶ月後——つまり蜜月が終わる日だった。そのため、二人が森から帰ったらすぐに国民への公示と式典が行われる予定だ。

『フィリーネ、ジェスライールのことを頼みます』

出発の前、国王夫妻はわざわざ翡翠宮《ひすいきゅう》を訪れ、フィリーネにジェスライールのことを託した。

シェルダンは来なかったが、彼からも『甥を説得してくれてありがとう』とお礼の手紙が送られてている。

「フィリーネ。今回は酔わないみたいだね」

馬車に揺られながら、ジェスライールがフィリーネを抱き寄せて笑った。

「この馬車なら大丈夫みたいです」

前回は酷《ひど》い乗り物酔いを起こし、ジェスライールに迷惑をかけたフィリーネ。だが、今回は目立たぬように軍用の馬車を使ったおかげか、酔わずに済んでいる。王室の馬車の方が乗り心地がよく、振動も少ないのだが、どうやらこちらの方がフィリーネの身体には合っているようだ。

馬車は順調に進み、王都を出て二日目の夕方、予定通り直轄地《ちょっかつち》の別荘に到着した。


翌日、明るい日差しが照りつける中、フィリーネたちは別荘を出発して森へ向かった。

フィリーネが林檎《りんご》の収穫のために入る場所は、細い獣道が森の入り口から続いていて、人が足を踏み入れることも可能だった。だが、直轄地に面したこの場所は違っている。

獣道すらなく、鬱蒼《うっそう》と生い茂る木々が人々の侵入を拒んでいるようだ。

「こ、ここに入るんですか……？」

動きやすいよう乗馬服に身を包んだリルカが、目の前に広がる恐ろしげな森を見つめた。

「ああ」

ジェスライールは頷くと、振り返ってみんなをぐるりと見回す。

「僕から離れずついてきてくれ。僕を見失ったら永遠に迷うか、どこかへ飛ばされてしまうからね」

「沈黙の森」には、竜王の墓所を守るための結界が張り巡らされている。この森を迷わずに歩けるのは、王族と巫女《みこ》だけなのだ。

「はい」

フィリーネたちが頷くのを確認して、ジェスライールは森へ入っていく。そのあとにクレマン、フィリーネとリルカ、そして兵士たちが続いた。しんがりは十二年前も同行したジストが務める。

鬱蒼と生い茂る木々に日が遮《さえぎ》られ、森の中は薄暗い。前後左右を見回しても同じような光景ばかりで、ともすればすぐ迷ってしまいそうだった。

そんな中を、ジェスライールは迷うそぶりもなくどんどん歩いていく。

彼の背中ごしに前方を見たフィリーネはハッとした。道なき道を進んでいるはずだったのに、ほんのわずかに道のようなものが開《ひら》けていたのだ。

「殿下の進む先に、道が開けているのね……」

「ええ。不思議な光景ですね」

前を進むクレマンがフィリーネの呟きに答えた。

「王族方の『力』を見慣れている私たちですらそう思うのですから、普通の人たちがこのような光景を見たら仰天《ぎょうてん》するでしょう。森には魔女がいて人間を惑わしていると勘違いするのも無理はありません」

「森を出入りする巫女の姿を偶然見かけた人もいるでしょうしね」

森でたびたび目撃される「女性」が、不可思議な森と関連づけられるのも当然の成り行きだ。

人々はその女性を畏怖《いふ》し、森に近づかなくなる。それでも不満の声があがらないのは、この森が他国の脅威から自分たちを守ってくれていると分かっているからだ。

「森の外にいれば魔女に惑わされることはない。だったら森に入らなければいいと、そう考えるわけですね。その結果、竜王の墓所は守られ続けている」

「ええ」

奥に進むにしたがって、さらに暗くなっていった。聞こえてくるのは自分たちの足音だけで、動物や鳥の鳴き声すら聞こえない。なぜなら、この森には動物が住んでいないからだ。文字通りここは「沈黙の森」なのだった。

薄暗い中、ジェスライールのあとに続いて歩きながら、フィリーネは不思議な既視感にとらわれていた。

——ああ、あの夢だわ。

一度だけ見た、森で迷子になる夢。あの夢で見た光景と今の風景がそっくりなのだ。

「フィリーネ様？　どうかなさいましたか？」

後ろを歩いているリルカが声をかけてきた。フィリーネは考え事をしていたせいで、つい歩みが遅くなってしまっていたようだ。

「ああ、ごめんなさい。大丈夫よ」

慌てて前を歩くクレマンを追いかける。ここでフィリーネが遅れてジェスライールの姿を見失ったら、大変なことになってしまう。

――あれは夢。ただの夢よ。

そう自分に言い聞かせながら歩く。けれど、周囲の様子はますます夢の光景と重なっていった。

「あと少しだ」

ジェスライールが後ろを振り返って言う。見れば道の先が、ほのかに明るくなっていた。

「この先に竜王陛下の墓所があるのですね。どんなところなのでしょうか？」

リルカの言葉を聞いて、フィリーネの頭にまた夢の光景が浮かぶ。

夢でも道の先が明るくなったが、その先にあったのは湖だった。建物などはなく、ただ金色に輝く湖があるだけ。あれが竜王の墓所であるはずがない。

――だから、やっぱりあれはただの夢だわ。

そう思ったけれど、やがてたどり着いた場所には、夢で見たのとまったく同じ光景があった。

木々が開《ひら》けたその場所には、昼間の明るい日差しが降り注いでいた。広さは翡翠宮《ひすいきゅう》の庭園ほどだろうか。大して広くはないが、狭いというほどでもない。

その半分以上を占めるのは、日光を反射して金色に輝く湖だった。湖面がキラキラと輝き、ただでさえ明るい場所を一層明るく照らしている。

「ここが……墓所？」

フィリーネが見た限り、墓所らしい建造物は一つもない。

「ここが墓所だ。墓所と言っても、君たちが考えているようなものではないけれどね」

ジェスライールは小さく笑った。

「この森は竜王が姿を変えたものだから、言うなれば森そのものが竜王の墓所なんだ。ここはその森の中心で、竜王の力と気配がもっとも濃厚な場所に当たる」

「なるほど、それを墓所と称しているわけですね」

クレマンが興味深げに周囲を見回した。

「ああ」

ジェスライールは歩き出し、湖のほとりに立つ。その場所はフィリーネの夢の中で、まだ少年の彼が立っていた場所だ。視線をめぐらすと、フードを被った女性が立っていた岩もある。けれど、今そこに人の姿はない。

――夢、だったはずなのに……

あの夢がただの夢でないのは、もはや明らかだった。おそらくあれは実際にあったことなのだ。だとしたら、あの時ジェスライールと一緒にいた男性が、亡くなったジストの叔父なのだろう。

「十二年前、僕はここで巫女《みこ》と顔を合わせた」

ジェスライールの視線が、女性が立っていた岩へと向けられる。湖のほとりにあるそれは、人の膝ほどの高さのある岩だった。

――王族の身体に流れる竜王の血に反応して、在りし日の竜王の姿が湖面に映ることがある。あの岩に立つと、それがよく見えるのだ。

フィリーネの頭に、再び知らない情報が流れ込んでくる。

——そこは……のための場所。

「何……これ？」

フィリーネは思わず額を押さえた。けれど、皆ジェスライールと湖に注目していて、フィリーネの異変に気づく者はいなかった。

その日のことを思い出すように、ジェスライールが呟く。

「あそこに巫女が立っていた」

彼が指し示したのは、やはり夢の中でフードを被った女性が立っていた岩だった。

「しばらく会話を交わしていたのは覚えている。けれど、不意に気を失って、次に目覚めた時には、あの岩は血で真っ赤に染まっていた」

「……その岩の手前に、叔父は倒れていました」

ジストがぼそりと呟く。

「全身傷だらけで、血溜まりの中に沈んでいた。……俺はあの日、さっき通った道で他の護衛と待機していました。誰かの悲鳴が聞こえた気がして、ここに駆け込んだ時にはもう……」

その時のことを思い出したのか、ジストは片手で顔を覆《おお》った。

「すまない。僕のせいだ」

ジェスライールが辛そうに目を伏せる。

「あの日、何があったのかはよく覚えていないが、僕の言葉がきっかけで巫女が泣き叫んでいたのは確かだ。彼女の様子が変わったことに僕が早く気づいていたら、彼は……」

ジストが顔を上げて首を横に振った。

「いえ、殿下。叔父は護衛であり、殿下を守るのが役目だったのです。殿下を守ることができて、安堵して逝《い》ったと思います」

そこでリルカが手提げ袋の中から花束を取り出した。フィリーネは思わず声をかける。

「リルカ、それは……」

「おじ様が亡くなったところへ来たのですから、せめて花束をと思いまして。あの方は私や兄のことも、とても可愛がってくださったんです」

亡くなったジストの叔父は、ジェスライールが幼い頃から彼を守っていたという。当然、ジェスライールの乳兄弟《ちきょうだい》であるクレマンやリルカとも交流があったのだろう。

彼が倒れていたという場所も、血だらけになっていたという岩も、今はその形跡がなくなっていた。リルカはジストから詳しい場所を聞くと、その場所にそっと花束を置く。

それを眺めていたフィリーネは、ざわりと肌を這《は》うような不快感を覚え、ハッと後ろを振り返る。墓所の外に何かの気配を感じたのだが、そこには鬱蒼《うっそう》とした森が広がっているだけだった。それでも不快感はなくならず、無意識に手の甲を撫でる。

「フィリーネ？　どうかしたのか？」

彼女の様子に気づいたジェスライールが声をかけてきた。

「なんだか鳥肌が立ってしまって……」

「寒いのかい？　これを羽織《はお》るといい」

遠征用の青い軍服を着たジェスライールが、その上着に手をかける。それを見たフィリーネは慌てて首を横に振った。

「いえ、大丈夫です。寒いわけじゃないので！　ただ、妙に胸がざわつくというか……」

そう言いながら、また振り返って森を見つめる。フィリーネの視線の先を見て、ジェスライールはスッと目を細めた。彼を心配させたくなくて、フィリーネは明るく言う。

「たぶん、気のせいです」

「いや……そうじゃないかもしれない」

フィリーネと同じものを、それとも何か別のものを感じたのか、ジェスライールの声が低くなった。

その時、花束を供《そな》え終えたリルカが、巫女《みこ》が立っていたとされる岩を指してジストに尋ねる。

「岩を染めていた血は、おじ様のものではなかったのよね？」

「ああ。叔父貴の血もかかったかもしれないが、それだけにしては量が多すぎる。明らかに別の人間の血、それも致死量に達していた」

「それは、やっぱり巫女様の……」

「状況から考えると、ほぼ間違いないと思う」

二人の会話を聞いていたクレマンがジストに尋ねる。

「巫女が生きている可能性は？　あると思うか？」

ジストはしばらく考えたあと、首を横に振った。

「いや、あれだけの量の血を失えば普通は助からない」

「でも、巫女《みこ》様は竜王陛下の力を使えるのでしょう？　その力を使えば傷を治療できるのではないかしら？」

「……いや、そもそもその力があれば、グイールに斬られることもなかったはずだ」

そのクレマンの言葉に、一同はハッとした。グイールというのはジストの叔父の名前だろう。

「竜王の力を使える巫女は、この森では無敵だ。たとえ竜王の血を引く王族であっても、巫女を傷つけるのは難しいだろう。いくら剣の腕は一流でも、只人《ただびと》であったグイールに、深手を負わせられるとは思えない」

そこでジェスライールが口を開く。

「つまりグイールが斬ったのは、巫女ではないかもしれないということか。だとしたら、本物の巫女は亡くなってはいないのかもしれない」

それに答えたのもクレマンだった。

「ええ。では岩の血は一体誰のものなのかという疑問は残りますが、巫女でなかった可能性は充分にあると思います。誰も彼女の死体は確認していませんからね」

「巫女が……ミルドレッドが生きているかもしれない？」

フィリーネは呆然と呟いた。直後、あることに気づいて顔から血の気が引く。

「じゃあ、今日ここへ来るのは新しい巫女ではなく、ミルドレッドかもしれないということ⁉」

この場にいる全員の顔に緊張が走った。ジェスライールが再び口を開く。

「その可能性もあると……」

「ミルドレッドは死んだよ。ここには来ない」

不意に第三者の声がして、ジェスライールの言葉は途中で途切れた。ジストがハッとして剣の柄《つか》に手をかける。

フィリーネたちが声の方に視線を転じると、墓所の入り口に一人の男性が立っていた。それはこの場にいる誰もがよく知る人物――王宮にいるはずのシェルダンだった。

「新しい巫女も来ない。巫女の座は空位のままだ」

「なぜ、あなたがここに……？」

フィリーネは目を見開く。シェルダンはいつもの柔和《にゅうわ》な笑みを浮かべて、逆に問いかけてきた。

「おや、王族である僕がここにいては変かい？」

「それは……」

最初から彼も来る予定だったのかもしれないと、フィリーネは考える。だが、ジェスライールが疑問を口にした。

「変ですね」

彼はシェルダンをぴたりと見据えて淡々と言う。

「確か今日は関税交渉の立ち会いをしていたはずでは？」

「交渉は延期になったよ」

「そうですか」

まるっきり信じていない口調だった。ジェスライールは森をぐるりと見回し、舌打ちする。

「囲まれたようだな」

「ですね。油断しました」

ジストが緊張した声で応じる。それを待っていたかのように、森の中から何人もの兵士が姿を現した。ジェスライールの言う通り、フィリーネたちは知らない間にすっかり囲まれていたのだ。

兵士たちが身につけている服はグリーグバルト国のものではなかった。

リルカが悲鳴のような声をあげる。

「グローヴ国の兵が、どうしてここに……？」

「グローヴ国に殿下の情報を漏らしていた裏切り者は、シェルダン殿下だったということですよ」

腰の剣を抜きながら、クレマンは淡々と言った。

――シェルダン殿下が裏切り者？

ガンと頭を殴られたような衝撃がフィリーネを襲う。

「くそっ！」

ジストが舌打ちして剣を構える。同じく剣を抜いたジェスライールは、フィリーネを片腕で庇《かば》いながら落ち着いた声で指示を飛ばす。

「フィリーネとリルカを中心に、輪になって守れ！」

その指示に従い、ジストたちはフィリーネとリルカを背に庇うようにして円陣を組む。

ただ一人輪の外に出たジェスライールは、シェルダンに剣を向けた。シェルダンは笑みを浮かべたまま首を傾げる。

「ジェスライールとクレマンは、特に驚いてはいないようだね。僕が重要機密をグローヴ国に流したり、間者の手引きをしたりしていたことに、二人は気づいていたのかな？」

裏切りを自白するシェルダンに、リルカが「そんな……」と震える声で呟いた。

フィリーネも信じられなかった。温厚で優しく、ユーモアに溢れた彼が、国を裏切っていたなんて。

けれど、グローヴ国の兵がこの場にいるということが何よりの証拠だった。ここは竜王の結界が張られた不可侵の森。他国の兵が入り込むのは、まず不可能だ。

とはいえ、王族であるシェルダンが手引きすれば話は別だ。フィリーネたちがジェスライールに導かれてここに来たのと同じように。

「もちろん気づいていましたよ」

ジェスライールが強い口調で答えた。フィリーネはハッとして彼を見つめる。

「僕が呪われていることを知る人間は、それほど多くありませんからね。こちらの情報が間者を経由してではなく、直接グローヴ国に流れていると分かった時から、犯人はあなたしかいないと思っていた」

「理由を聞いてもいいかい？　尻尾を出すような真似はしていないはずだけど？」

「ええ。さすがは叔父上だけあって、簡単に証拠は掴めませんでしたよ。あなた自身もそんなそぶりは一度も見せませんでしたしね。だから裏切り者がいるとしたら、外務大臣のカルバン・レイデイオか、宰相のメルヴィン・コールだろうと思っていました」

「メルヴィンおじ様!?　それはありえないわ！　確かにいかにも狸面《たぬきづら》だけど！」

フィリーネは仰天《ぎょうてん》した。王家に心酔している彼が国を裏切るわけがない。

「うん、それは僕も分かっているよ」

ジェスライールの顔にふっと笑みが浮かんだ。

「彼に王族や国を裏切る動機はないし、そういう性格でもないからね。外務大臣もそうだ。でも叔父上、あなたは――」

ジェスライールはシェルダンをまっすぐ見つめた。

「あなたは父と母、それに僕を憎んでいますね？　ご自分では上手く隠しているつもりのようですが、時々隠し切れていませんでしたよ。……父と母はまったく気づいていなくても、僕には分かりました」

――シェルダン殿下が陛下たちを憎んでいる？

そんな、という声がフィリーネの口から出そうになる。談話室で話をしている時、彼が国王たちを憎んでいるようにはとても見えなかったからだ。

でも、一瞬だけ「あれ？」と感じることがあった。それは国王と王妃に気に入られたフィリーネに、彼が「よかったね」と言った時だ。あの時の口調には、何か引っかかりを感じた。

今思えば、ジェスライールも何かを感じているようだった。それと同じようなことが、過去に何度もあったのだろう。

「つまり、あなたには動機があった。それに諸外国のことに通じているし、人脈もある。もはや裏切り者はあなたとしか思えなかった。だから僕とクレマンは、密かにずっと調査していました」

「おやおや。僕は君を見くびっていたようだ。僕を疑っているそぶりなんて、ちっとも見せなかったね」

「少しでも疑われたら、あなたの尻尾を掴めませんからね。……しかし、あなたがこんな大胆な手段に出るとは思いませんでした。……きっかけはフィリーネですか？」

「え？　私？」

突然名前を出されたフィリーネは驚く。シェルダンはにっこりと笑った。

「そうだよ。最初は呪いによって王族の血が絶えていくのを、のんびり見守ろうと思っていた。だけど、このままいけば彼女は君の子どもを身ごもるだろう。それだと王族の血は受け継がれてしまう。だから君たちを早めに始末しようと思ったんだ。それにはこの場所が相応《ふさわ》しいと思わないかい？　竜王の眠るこの土地が」

ジストがシェルダンを睨《にら》みつける。

「貴様はクーデターを起こし、国王陛下にとって代わろうとしているのか？」

ジェスライールを殺せば、次の王位につけるのはシェルダンしかいない。彼の一連の行為は、それを目的にしているように見えた。

ところがシェルダンは、まるで面白い冗談を聞かされたかのごとく声をあげて笑う。

「まさか！　王位になど興味はないさ。たとえ兄上が亡くなっても王位につく気はないね」

「それは本当だろう。叔父上が興味があるのは、僕らの血を絶やすことだけだ」

思いもかけずジェスライールがシェルダンの言葉を肯定した。するとクレマンも頷く。

「それだけにやっかいなんですよね。彼が王位を欲しているだけなら、他に対処のしようもあったんですが」

二人にはシェルダンの動機や望みが分かっているようだった。でも、フィリーネにはさっぱり分からない。なぜシェルダンが国王やジェスライールを憎むのか、その血を絶やそうとしているのかが。この国にとって竜王の血がどれほど必要か、彼なら分かっているはずなのに。

「どうして……」

フィリーネは思わず声を張り上げた。

「どうしてなんですか!?　どうして殿下たちを憎むんですか!?」

「僕らの存在は、この世界に不公平と戦乱をもたらすからさ」

シェルダンは肩を竦《すく》めて、あっさり言ってのけた。

「王族の存在が、世界に不公平と戦乱をもたらす？」

「言っただろう？　僕らの存在自体が歪みなのだと。この国は恵まれている。いや、恵まれすぎている。それは竜王の血を引く王族がいるからだ。自然を操る僕らの存在が、この国の気候を安定させ、国土を豊かにしている」

「それのどこが悪いんですか？」

旱魃《かんばつ》も洪水もないから、安定して作物を育てることができる。それが王族の持つ竜の血の恩恵だというのなら、感謝こそすれ恨む必要はない。

そう主張したフィリーネを、シェルダンは哀れみのこもった目で見つめた。

「フィリーネ。君はこの国を離れたことがないだろう？　だから知らないんだ。この森を一歩出れば、向こう側には砂漠が広がっている。土地はやせ、旱魃や洪水の影響で毎年多くの人間が亡くなっている。そんな土地に住む人々が、この国を羨《うらや》むのは無理もない。だが誰かを羨む心は、そのうち憎しみに変わる。どうしてこの国ばかりが恵まれているのか、不公平ではないかと考え、その豊かな大地を奪おうと考えるだろう。そして戦争が始まる。僕らの存在はこの国では尊《とうと》ばれても、他国からは羨望《せんぼう》の的であり、憎しみの象徴だ。僕らがいなければ起きなかった戦争も多い」

「だから血を絶やすというのですか？」

「そうだ。この国の人間は竜族の恩恵に頼らず、そろそろ自分たちの力で国を治めていくべきだ。けれど王族がいる限り、人々はそれに頼ろうとする。だったら頼れる存在を取り除けばいいのさ」

「そんな……」

それは極論だとフィリーネは思った。彼の言っていることは理解できるが、納得はできない。そんな理由で王族を排除しても、上手くいくわけがない。

「フィリーネ。耳を傾ける必要はない。これは叔父上の動機の、ほんの一部に過ぎないはずだ」

ジェスライールの言葉に続き、クレマンも呆れたような眼差しをシェルダンに向けた。

「そうですよ。これは詭弁《きべん》に過ぎません。本当の動機は復讐です」

「復讐？」

「ああ。彼が僕を憎むのは、巫女《みこ》ミルドレッドの仇《かたき》だからだ。彼女が僕のせいで命を落としたと思っているんだ」

「ミルドレッドの……!?」

予想もしなかった名前が出てきて、フィリーネは息を呑む。けれど、それが事実であると示すように、シェルダンの気配が明らかに変わった。

ずっと柔和《にゅうわ》な笑みを絶やさなかった彼が、ミルドレッドの名前を聞いた瞬間、すっと表情をなくす。それに構わずジェスライールは告げた。

「ミルドレッド・セルフレイス……竜王の巫女ミルドレッドは、叔父上の番《つがい》だ」

——ミルドレッドがシェルダンの番!?

「なんだと!?」

「なんですって?」

これにはクレマンを除く全員が驚きの声をあげた。

「なんの話かな? 僕の番はミリィという名前だ。ミルドレッドではない。それに、巫女が僕の番だという根拠はあるのかい?」

シェルダンは小ばかにするように両手を上げて肩を竦《すく》めた。けれど、ジェスライールはシェルダンを見据えたまま、感情のこもってない声で証拠を積み上げていく。

「ミリィというのはミルドレッドの愛称だ。確かに、あなたの番を見た人間はこの国にはいない。あなたは番を得てから彼女が亡くなるまでずっと外国にいたし、グリーグバルトからの使者に会う時は、彼女にベールを被せて素顔を見せなかった。だから、あなたの番がミルドレッドであると断言できる人間はいない。でも、使者の中には顔は見ずとも、彼女の髪の毛を見た者がいる。彼らは揃って証言しましたよ。あなたの番の髪は赤みがかった金髪だったと。ミルドレッドが赤みがかった金髪の持ち主であることは、僕も父上も知っている」

「根拠は名前と髪の色だけかい？　確かに、僕の番は赤みがかった金髪だったよ。でも、それじゃ決定的な証拠にはならないな。そんな人間は何人もいるからね」

それはそうだろうとフィリーネも思う。ミリィという名前で赤みがかった金髪の持ち主は、捜せばそれなりにいるはずだ。

けれど反論されたジェスライールは動じることなく、落ち着き払ったままだった。

「確かに、同じ特徴を持つ人間は他にもいるでしょう。でも僕自身の中に、あなたと巫女の繋がりを示す証拠が残っている。十二年前の今日、この場所で僕の力の一部を封じたのは……叔父上、あなたですね？」

フィリーネは目を見開いた。

「え？　殿下の力の一部を封じた？　……もしかして、番が分からなくなる呪いをかけたのは……」

「ああ、ミルドレッドじゃない。なぜなら僕は、自分の力を封じている術を感知できるからだ。これがもし巫女の術だったら、僕は自分が呪いをかけられていると気づくことすらできなかったはずだ。彼女は僕らの力の根源である、竜王グリーグバルトの力を使えるからね」

「……どういうことだ？」

ジストが眉を寄せてクレマンに尋ねる。クレマンは徐々に距離を詰めてくるグローヴ国の兵士を警戒しながら答えた。

「巫女《みこ》が使う力は竜王のもの。つまり巫女は竜の血が薄れた王族よりも、はるかに強い力を持つのです。その巫女がかけた術となれば、王族といえども感知するのは難しい。……王宮の倉庫の奥に眠っていた資料の中に、その記述を見つけた時、私たちは確信しました。殿下の呪いは巫女がかけたものではなく、王族の誰かがかけたものだと」

「だが、僕にかけられた術は二つあった」

ジェスライールは淡々と続ける。

「記憶を封じる術と、番《つがい》を感知する力を封じる術だ。巫女が僕にかけたのは記憶を封じる術の方。僕はこれを感知できなかったから、記憶が欠けているのは呪いの影響だと思っていた。ミルドレッドに『二度と番とは会わせない』と言われてもいたからね。でも違ったんだ。成長するに従って力を封じる術の方を感知できるようになり、記憶が欠けているのはそれとは無関係だと分かった」

記憶喪失は呪いとは関係ない。ではなぜ記憶は欠けたままなのか、なぜ記憶を封じている術を感知できないのか。そう考えた時、ジェスライールとクレマンは、記憶を奪ったのが巫女の術だからだと気づいたらしい。

「記憶が欠けているのは巫女の術のせい。では、僕が感知している術は誰のものか。そう考えたら答えは一つしかなかった。父上には僕に術をかける動機がない。けれど叔父上、あなたにはある。十二年前のあの日、この場所で、ほぼ初対面だったはずの僕に術をかけるほどの動機がね。……違いますか？　叔父上」

しばらくの間、シェルダンは何も答えなかった。けれど急に目を細め、フッと笑いを漏らす。

「……本当に、僕は君を見くびっていたようだね、ジェスライール。その通りだよ、番を見いだす力を封じたのは僕だ」

「では、やはりミルドレッドは——」

「僕の最愛の番さ」

シェルダンは胸元から首飾りを取り出し、赤い石にキスを落とした。とても愛しそうに。

翡翠宮《ひすいきゅう》を一人で訪ねてきた時、彼は言っていた。この石に番の魂を封じているのだと。

——つまり、あそこに封じられているのはミルドレッドの魂……？

唇で赤い石に軽く触れたままシェルダンは言った。

「ミルドレッドを初めて見たのは、彼女が兄上と付き合い始めて間もない頃だった。最初は兄上が花屋の娘と恋に落ちたと聞いて、興味本位で見に行ったんだ。そして花を売る彼女を一目見て、僕の番だと分かった。……でも、その時は声をかけることくらいしかできなかったよ」

当時のことを思い出したのか、シェルダンは不快そうに顔をしかめる。

「彼女が兄上に心を寄せているのは分かっていたからね。兄上はミルドレッドが僕の番だと知れば、きっと身を引いただろう。けれど彼女が兄上に恋している以上、それだけでは意味がない。だから僕はじっと待ったよ。二人の恋が終わるのを。そして、とうとう兄上は義姉上《あねうえ》と出会い、ミルドレッドを捨てた」

シェルダンはクスクスと嬉しそうに笑う。その笑みに狂気を見いだし、フィリーネはゾッとした。

「フィリーネ様……」

リルカも同じものを感じたらしく、そっとフィリーネに身を寄せる。

「僕は傷心のミルドレッドのもとへ行き、彼女が自分の番《つがい》であることを告げた。そして愛を告白したんだ。けれど、ミルドレッドはそれを信じなかった。というよりも、番という言葉に拒否感を覚えていたようだ。それも当然だよね。兄上が番を見いだしたせいで捨てられたのだから。そして僕はまた待つことにした。彼女の心の傷が癒《い》える時を。……その数年後に機会が訪れた。そう、二十四年前の今日のことさ」

「もしかして、この墓所で……？」

フィリーネは思わず声を漏らした。いつか誰かが言っていた。二十四年前は国王の代わりにシェルダンが森を訪れたのだと。

「そうさ。ここで巫女《みこ》と出くわした。顔をフードで隠していたけれど、すぐにミルドレッドだと分かったよ。僕は彼女に改めて番であることを告げて、一緒になってほしいと願った。今度は彼女も折れてくれたよ。王族にとって番がどういう存在か、巫女である彼女には誰よりもよく分かっていたからね。そして僕は彼女を連れて、この国を離れた」

シェルダンが国を離れた理由は国王ジークフリードの存在だろう。まだ国王を愛していたミルドレッドを、彼の傍《そば》に近づけたくなかったのだ。

「色々な国を訪れて様々なものを見て回ったよ。グリーグバルトだけが竜王の恩恵を受けていることに、妬《ねた》みと憎しみを抱く国があることもその時に知った。まぁ、それはグローヴ国のことなんだけどね」

グローヴ国は砂漠化が進み、民は厳しい環境の中で生活している。それなのに、森を挟んだ隣国には緑豊かな大地が広がっているのだ。たびたび起こるグローヴ国との戦争は、そうした彼らの妬みや憎しみが原因だった。

「外国での暮らしは楽しかったよ。きっと性に合っていたんだね。でも十二年前のあの日、ミルドレッドが巫女として『沈黙の森』へ向かったことで、僕らの運命は狂ってしまった」

シェルダンの視線が、あの日巫女が立っていた岩へと向けられる。

「僕は墓所に行くのに反対だった。兄上とジェスライールのどちらが来るのか不明だったが、そのどちらとも会わせたくなかったんだ。でも、彼女はこれが自分の役目だからと言い張った。僕は心配でついていったけど、彼女に『ここからは一人で行く』と言われて墓所の手前に無理やり留め置かれたのさ。それからしばらく経った時、僕を拘束していた彼女の力が急になくなった。何かあったのかと思い、急いで駆けつけた僕が見たもの……それはなんだったと思う？　そう、ジェスライールの護衛に斬られて傷を負い、岩にもたれかかった彼女の姿だ！」

突然、シェルダンは叩きつけるように叫んだ。けれど、すぐにその激情を抑え込み、先を続ける。

「僕の姿を見て驚く護衛と、傍に倒れているジェスライールを見て、何が起こったかはすぐに分かったよ。愛するミルドレッドの命が消えかかっていることもね。彼女を傷つけた護衛を、僕は八つ裂きにした」

「貴様が叔父貴を殺したのか！」

ジストが怒りに駆られて叫んだ。シェルダンは彼を一瞥《いちべつ》し、事も無げに答える。

「そうさ。僕のミルドレッドに傷を負わせたんだから、当然だろう？　僕は倒れているジェスライールのもとへ行き、原因となった彼を同じように殺そうとした。けれど、ふと思ったんだ。僕と同じ苦しみを味わわせてやろうとね。……いや、それじゃ飽き足らない。番《つがい》を得られず、狂い死んでしまえばいい。それはミルドレッドを傷つけた兄上と義姉上《あねうえ》への復讐にもなると考えたんだよ」

「だから僕が番を得られないよう術をかけたわけか」

「ああ、そうだ。それはミルドレッドも望んだことだからね。僕は君に術をかけたあと、ミルドレッドを連れてその場を離れた」

おそらくシェルダンが離れたあと、ジストたちが墓所に駆け込んできたのだろう。そして彼らは倒れたジェスライールと護衛の遺体、岩に残されたミルドレッドの血を発見したのだ。

「そのすぐあと、ミルドレッドは僕の腕の中で息を引き取ったよ。ずっと兄上を愛していたことと、僕に愛を返せなかったことを詫びながらね。傷が深すぎて、僕の力ではどうにもできなかった。巫女《みこ》の力を使えば命だけは助かったかもしれないが、あの時の彼女に力はほとんど残っていなかった」

「巫女の力が残っていなかった……？」

ジェスライールの顔に驚きが広がる。それは彼も知らない事実だったようだ。

「そう。あの時、ミルドレッドはすでに巫女ではなかったんだ。そうでなければ、彼女が護衛ごときにやられるわけがない。巫女の力を失っていたから攻撃を避けられなかった。彼女は死ぬ時に教えてくれたよ。あの時、新しい巫女が森に選ばれ、継承の儀が始まっていたことをね」

「新しい巫女だって⁉」

クレマンたちの間に動揺と衝撃が走る。フィリーネも思わず声をあげていた。

「竜王の命日に、墓所で継承の儀が行われたということですか？」

「ああ。ジェスライールは覚えていないだろうが、あの時、あの場所に一人の少女が姿を現したんだ。ただの子どもが墓所に来られるわけがない。つまり、彼女は森に導かれてそこにたどり着いたのさ」

その言葉に、フィリーネの胸がドクンと脈打った。夢のことを思い出したからだ。

自分の目の前で自然に開《ひら》けていく「道」。その先にいたフードを被った女性と、少年時代のジェスライール。そして剣を携《たずさ》えた兵士らしき男性の姿を。

頭に浮かんだ考えをフィリーネは慌てて振り払った。

――まさか……ね？

「ミルドレッドは一目見て、その子が次の巫女だと分かったそうだ。そして二人が顔を合わせた瞬間、力と知識の譲渡が――継承の儀が自動的に始まった。だが、ミルドレッドはそれを強引に中断させ、残された力で新しい巫女の記憶と力を封じた。そして彼女を森から飛ばしたんだ」

「なんだって⁉　継承の儀を中断させて森から飛ばした⁉」

ジェスライールは驚き、目を大きく見開いた。

「グイールが巫女《みこ》に向かっていく時に言っていた、『あの子どもをどこへやった』という言葉は、そのことを意味していたのか。さらに巫女は、僕からその子に関する記憶を奪った……？」

シェルダンは頷く。

「そうだ。ミルドレッドの名誉のために言うが、彼女が継承の儀を中断させたのは力を惜しんでのことではない。彼女にはどうしても許せない出来事が目の前で起こった。だから彼女は新しい巫女の誕生を阻止したんだ」

「許せない出来事？」

「ああ。それは——」

何かを言いかけたシェルダンが、急に口をつぐみ、笑って首を横に振った。

「いや、君が知る必要はない。なぜならジェスライール、君も君の大事な妃も、この場で死ぬのだから」

その直後、ドンッという音と共に地面が揺れた。

「きゃあ！」

下から突き上げるような揺れに、フィリーネとリルカは思わず抱き合う。その時、ふと土の匂いを感じた。

——来る！

地面の下から何かがフィリーネたちに向かってくる。ジェスライールが一歩前に出て剣を構えた。

「させない！」

彼はそう叫ぶと、あるタイミングで剣を地面に振り下ろす。

バンッ！

剣先が地面に触れたのと同時に、何かが破裂したような音が響く。そのとたん、激しい風が巻き起こり、フィリーネたちの横をものすごいスピードで走り抜けていった。

「ぐぁぁ！」

あちこちでうめき声があがる。それはグリーグバルト国の者たちの声ではなく、フィリーネたちの周りを取り囲むグローヴ国の兵士たちの声だった。

そちらに目を向けたフィリーネは仰天《ぎょうてん》する。地面から細い氷柱《つらら》が何本も突き出し、グローヴ国の兵士の身体を貫いていたからだ。

フィリーネの背筋にゾッと冷たいものが走る。

――殿下が守ってくれたからよかったものの、下手をすれば、私たちもああなっていた……

「よく止めたね。上出来上出来。でも、これはどうかな？」

シェルダンは笑いながら腕を前に上げ、手のひらをジェスライールとフィリーネたちに翳《かざ》した。

直後、ドンッという音がして、地面が再び揺れる。またしてもフィリーネは土の匂いを感じた。

「また来る……！」

何かが襲いかかってくる気配に、フィリーネは身を硬くする。だが、今度もシェルダンの力はフィリーネたちに届かず、ジェスライールの力によって相殺《そうさい》される。

気づけばフィリーネたちが立っている場所を除いて、地面がかなりの広範囲にわたって陥没していた。グローヴ国の兵士たちは大地に開いた穴に落とされたり、崩れた大地の下敷きになったりしている。

やっぱり、とフィリーネは思う。シェルダンはフィリーネたちに向けて力を放っているが、それにグローヴ国の兵士が巻き込まれても構わないと思っているのだ。その証拠に、シェルダンは犠牲になった兵士たちを一瞥《いちべつ》すらしない。彼にとってグローヴ国の兵士など、路傍《ろぼう》の石と同じなのだ。

「なんてこと……」

リルカが痛ましげに目を背けた。

ジェスライールはフィリーネたちに背を向けて、シェルダンから守るように立っている。けれど、二回目に受けた力はかなり大きかったようで、さすがのジェスライールも肩で息をしていた。

これは、完全に不利な状況だ。シェルダンは味方が巻き込まれることなど気にせず、好きに力を放っている。けれどジェスライールの方はフィリーネたちを守らなければならないので、どうしても防戦一方になってしまうのだ。

本人もこのままではまずいと思ったのだろう。彼は振り返ってクレマンたちに「フィリーネとリルカを頼む」と告げ、前に出て攻撃に転じた。

ジェスライールが手を横に薙ぐと、周囲に無数の水の玉が現れる。それらが一斉にシェルダンに殺到した。シェルダンに届く直前で、水の玉はまるで壁にぶつかったかのように消滅してしまう。

けれど、ジェスライールはそれを見越していたようで、地面を蹴ってシェルダンに斬りかかった。

それをサッと避けたシェルダンが、ジェスライールに剣で斬りかかる。

気づけば二人はフィリーネたちから離れ、湖のほとりで戦っていた。

「殿下がシェルダンを引きつけ、我々から離してくれたようです」

そう言うと、クレマンは剣を構えて味方の兵士たちに指示を飛ばす。

「シェルダンの相手は殿下に任せて、我々は命に代えても妃殿下をお守りする。分かりましたか？」

「はい！」

確かにシェルダンからの攻撃は受けにくくなったが、それはグローヴ国の兵士たちも同じだ。彼らは体勢を立て直し、フィリーネたちをじりじりと囲みつつあった。

やがて四方八方から剣戟《けんげき》の音が聞こえてくる。フィリーネはグローヴ国の兵士とジストたちの戦いをハラハラしながら見守った。

森に同行している兵士たちは軍の中でも精鋭揃いだという。一対一の戦いでは、よほどのことがない限り負けることはないだろう。けれど、今は敵が多すぎる。シェルダンの術でそれなりの犠牲は出ているが、まだ大勢生き残っているのだ。

そんな中、リルカは護身用の短剣を手にフィリーネを庇《かば》いながら、周囲に気を配っていた。

「大丈夫ですよ、フィリーネ様。私、案外強いんです。ジストから剣を習いましたもの。まあ、それも彼と一緒にいるための口実だったんですけど」

リルカはにっこり笑う。

「命に代えても私たちがフィリーネ様をお守りいたします。フィリーネ様は殿下だけでなく、私たちにとっても大切な方ですから」

「リルカ……」

——私はいくらでも替えのきく、かりそめの王太子妃なのに。

そんな自分を守るために、みんなが命をかけて戦ってくれている。フィリーネはぎゅっと両手を握り締め、自分の無力さを呪った。

——悔しい。竜の血を引いていながら、自分の身を守ることすらできないなんて。

「ああっ、殿下……！」

湖の方を見たリルカが悲鳴のような声をあげた。フィリーネが慌てて視線を転じると、ジェスライールがシェルダンの攻撃をギリギリのところでかわしていた。

「殿下！」

ジェスライールは明らかに押されていた。防戦一方とまではいかないが、ほとんどそれに近い。もしかしたら、得意とする力の相性によるのかもしれない。水の力は土の力に弱いとされていた。それに、ジェスライールはシェルダンの攻撃がフィリーネたちに及ばないよう、常に気を配っている。そのせいで動きがかなり制限されている。

「君は僕には勝てないよ。僕の方が力が強いからね」

シェルダンはいつもの柔和《にゅうわ》な笑みを浮かべた。

きっとあの笑顔こそ、彼が本心を隠すためにつけている仮面なのだ。シェルダンはああやって笑顔の仮面を被ることで、番《つがい》の仇《かたき》への憎しみや怒りをずっと隠し続けてきたのだろう。

「呪いはかけた者よりかけられた者の力の方が強ければ跳ね返せる。でも、君は依然として僕の術を受けたまま。それは君の力が僕の力より弱いからだ」

「……そうとは限らないさ」

劣勢だというのにジェスライールは冷静だった。シェルダンはそれが気に入らなかったようで、少しだけ目を細めると、手のひらをジェスライールに向けて言った。

「では、これはどうかな？　君に防げるかい？」

次の瞬間、ズンッという音と振動が足元に響いてくる。フィリーネは息を呑み、ジェスライールに向かって声を張り上げた。

「殿下、逃げて！」

おそらく今までシェルダンが放ったどの攻撃よりも強いものが来るだろう。ここまでの攻撃をなんとか防いでいたジェスライールには耐えられないかもしれない。

「逃げて！」

フィリーネは再び叫んだが、ジェスライールは動かない。最後の力を使ってシェルダンの攻撃を防ぐつもりなのだろう。

「これで終わりだ」

愉悦を含んだ声がシェルダンの口から発せられる。それと同時に、彼の手から特大の力が放たれた。ジェスライールは剣を構えてそれを迎え撃つ。

「殿下！」

「殿下のことなら心配はいりませんよ」

そのクレマンの言葉に被さるように、あたり一面に凄まじい轟音《ごうおん》が響き、ジェスライールが立っていた場所を中心にして爆風が巻き起こった。土埃が舞い上がり、二人の姿が見えなくなる。

「殿下……！」

フィリーネの悲鳴じみた声も爆音によって掻き消された。

「おお……」

グローヴ国の兵士たちが感嘆と共にどよめく。だが、その声はすぐに恐怖と狼狽《ろうばい》を帯びたものに変わった。爆発の余波が、彼らやフィリーネたちを襲う。

「う……」

フィリーネは目を瞑《つぶ》り、腕を交差させて顔を庇《かば》った。辺りには風が吹き荒れる音と爆発音が響き渡る。

――ジェスライール殿下……！

やがて、ようやく音が止んだ。

フィリーネが恐る恐る目を開け、腕を下ろすと、ジェスライールが立っていた場所が大きく陥没していた。だが、その周囲では未だに土煙が舞い上がり、彼の状態を確かめることはできない。

「殿下……」

フィリーネは呆然と呟く。あんなにすさまじい攻撃を受けて、ジェスライールが無事だとは思えなかった。フィリーネの足元から震えが湧き上がってくる。足に力が入らず、今にも膝が崩れそうだった。

勝利を確信したシェルダンは、陥没した地面を見て笑みを浮かべている。ところが次の瞬間、その顔から笑みが消え去り、驚愕の表情に変わった。

「なんだと……?」

土煙の中に、キラキラ輝くものがある。しばらくして土煙がおさまると、そこにいたのは水の膜を纏《まと》ったジェスライールだった。

「殿下……!」

フィリーネの顔に泣き笑いの表情が浮かんだ。安堵の気持ちがどっと押し寄せる。

「ですから、殿下なら大丈夫だって言ったじゃないですか」

クレマンの冷静な声が聞こえた。けれどその声にも、どこか安堵の色が含まれていたように思う。

「なぜ……? 君の実力では、今の攻撃は防げなかったはずなのに……」

唖然とするシェルダンに、水の膜を霧散させながらジェスライールが答えた。

「僕の実力は、あなたをとっくに超えていました」

「なんだと……!?」

「確かに子どもの頃はあまり力がなく、あなたの呪いを打ち破ることができなかった。けれど、身体も心も成長したある日、ふと気づいたんですよ。僕にかかっているこの呪いを、自力で解けるようになったことを」

「いつの話だ……?」

「十九歳になった頃です」

シェルダンの顔に驚きが広がる。

「そんなに前から分かっていただと？」

「はい。でもあえて呪いは解かず、そのままにしておきました。あなたを油断させるため、そして僕の番《つがい》を守るために」

――僕の番。

その言葉にハッとして、フィリーネはジェスライールを凝視する。

「僕の番が見つかれば、あなたは必ず彼女を狙ったでしょう。僕は自分の番を守りたかったのと、あなたを警戒させたくなかったから、呪いが解けることをずっと隠していた。知っていたのはクレマンだけです」

みんなの視線が一斉にクレマンに向けられる。そういえば、彼はシェルダンが国を裏切っていることも知っていた。

「お前なぁ、分かってたなら言えよ！　こっちは殿下のことをさんざん心配してたんだぞ！」

「そうですよ、お兄様！　せめて私たちには言ってくれてもよかったじゃありませんか！」

ジストとリルカがクレマンに食ってかかる。クレマンは顔をしかめ、うっとうしそうに言った。

「殿下の言葉を聞いていなかったんですか？　シェルダンにこちらの思惑を知られないようにする必要があったんです。ジスト、君はグイールを惨殺した相手を前にして、平然としていられたか？」

「ぐっ……」

ジストが詰まったところをみると、おそらく自信がないのだろう。それが分かっていたからこそ、クレマンは自分たちだけの秘密にしていたのだ。

「それにリルカに教えたら、必ずジストに話していたでしょう？　殿下の足を引っ張りかねない相手に明かすわけにはいかなかったんですよ」

フィリーネは三人の会話を聞きながらも、じっとジェスライールを見つめていた。

ジェスライールが「僕の番《つがい》を守るため」と言った瞬間、フィリーネには分かってしまったのだ。

自分もまた、ジェスライールの番を守るための駒だったということが。

国王やリルカたちにとって、フィリーネはジェスライールの跡継ぎを産んでくれる大切な存在だ。でも、ジェスライールとクレマンにとっては、「真の番」のための盾、シェルダンを騙《だま》すための囮《おとり》に過ぎなかったのだろう。

──『愛している』なんて、本当は嘘だったのね。

フィリーネは胸が痛かった。自分はなんてバカなのだろう。偽りの立場だと分かっていながら、ジェスライールを本気で好きになってしまうなんて。

「……ふ……」

そんな場合ではないと分かっているのに、フィリーネは泣き叫びたくなった。

──酷《ひど》い人。それなのに、好きな気持ちは変わらない。

ジェスライールには運命を共にする番がいる。呪いが解ければ、すぐにでも彼は番を見つけるだろう。なぜなら番は運命に導かれ、必ず王族の前に現れるからだ。

過去には番を見つけられない王族もいたというが、おそらく彼らの番は王族に出会う前に、不慮の事故や病で死んでしまったのだと思う。そして彼らが狂ってしまったのは、番がもうこの世にはいないと本能的に悟ったからだろう。

たとえ出会わなくても番がどこかで生きているなら、竜は決して狂わない。そして番が生きているなら、必ず竜の前に姿を現す。……フィリーネにはなぜかそれが分かった。

——だから、いつかジェスライールも番と出会い、彼女と恋に落ちるはず。

その時、ジェスライールが口を開いた。

「今度はこちらから行きますよ」

そう言いながら剣を横に薙ぐ。すると湖からいくつもの水柱が上がり、それらが一斉にシェルダンを襲った。

「チッ」

シェルダンは舌打ちしつつ水柱を避け、あるいは土壁を作り出して防いでいく。ジェスライールが放った力は強力だが、やはり水の力に対しては土の力の方が有利なようだ。

持てる力はジェスライールの方が上でも、属性の相性が悪いせいで戦いは拮抗《きっこう》していた。

それをハラハラしながら見守るフィリーネの周りでも、中断していた戦闘が再開されていた。あちこちで剣がぶつかり合う音が響いている。

一人一人の力は勝っていても、数で劣るフィリーネたちには不利な状況だった。幸いまだ誰一人やられていないが、防御が崩れるのも時間の問題だろう。

ジェスライールもそれが分かっているのか、こちらをちらりと見る表情には焦りの色が見える。

それとは反対に、誰も気にする必要のないシェルダンにはまだ余裕があった。

「どうした？　僕を倒さないと、大事な仲間と君の奥方が死ぬよ？」

シェルダンが笑いながら攻撃する。地面から伸びる氷柱《つらら》をどうにか避けると、ジェスライールは高く跳躍し、空中から水の玉で攻撃した。

シェルダンが防御に気を取られている隙を狙って、ジェスライールは素早く剣を振り下ろす。それに気づいたシェルダンは、間一髪でその剣先を避ける。だが、完全には避けきれず、ジェスライールの剣がシェルダンの服を首飾りごと切り裂いた。

首飾りの鎖がちぎれ、その弾みで赤い石が放物線を描いて飛んでいく。

「しまった！　ミルドレッド……！」

赤い石は、ちょうどフィリーネの足元へと落下した。とっさにフィリーネは屈み、その石に手を伸ばす。戦闘の中で、踏まれたり蹴飛ばされたりしてはまずいと思ったのだ。

――この石にはミルドレッドの魂が封じられている。

ミルドレッドは巫女《みこ》として、やってはいけないことをしたのかもしれない。ジェスライールの呪いも、元はと言えば彼女が原因だ。けれど、フィリーネは彼女を憎めなかった。

――だって、ミルドレッドは私と同じだもの。

番《つがい》がいる相手を愛してしまった。分かってはいても想いを止められなかった。そのために罪を犯してしまった悲しい女性を憎めるわけがない。

指先が赤い石に触れる。そのとたん、フィリーネの頭の中でパーンと何かが割れる音がした。

「……あ……」

フィリーネは目を見開いたまま、石に触れた状態で固まる。

脳裏に浮かぶのは、暗い暗い森の中の光景。

――ああ、なぜ今まで忘れていたのだろう？

前に一度だけ見た夢は夢などではなく、本当にあったことなのだ。

かつてフィリーネは一度だけ「沈黙の森」で迷ったことがある。まだ彼女が六歳か七歳の頃、父と一緒に父の古い友人を訪ねた。その人の家のすぐ裏が森だったのだ。

フィリーネは父とその友人から、「森には絶対に行ってはいけない」と言われていた。森はとても恐ろしいところで、迷ったら決して出てこられないと。

ところが幼いフィリーネは、長引く大人たちの話に退屈し、つい森に足を踏み入れてしまったのだ。

そして見事に迷った。いや、今から思えば、迷ったのではなく森に導かれたのだろう。薄暗い森の中、帰る道も分からず泣いているうちに、目の前に道があることに気づいた。出口に通じる道だと信じたフィリーネは、その道に沿って進み、そして開《ひら》けた場所に出たのだ。

そこにはキラキラと輝く大きな湖があった。そしてそのほとりには、灰色のフードを被った女性と金髪の少年、剣を腰に差した男の人がいた。

今のフィリーネには分かる。フードを被った女性はミルドレッドで、少年はジェスライール、彼の傍《そば》にいた男性は護衛のグイールだったのだ。

突然姿を現したフィリーネを見て、三人はびっくりしていた。けれど、ジェスライールとミルドレッドの驚きの種類はそれぞれ違っていたらしい。

ミルドレッドはフィリーネを見て、すぐに新しい巫女《みこ》だと分かったのだろう。彼女は岩から地面に降り立ってフードを外した。

フィリーネの記憶の中のミルドレッドは、赤みがかった金髪に緑色の瞳を持つ美しい女性だ。

『あなたを待っていたわ。ようやく私の役目は終わるのね。これで私も、あの人との新しい人生に踏み出せる』

彼女はそう言って涙を流していた。フィリーネは何かに導かれるようにミルドレッドのもとへ向かう。そして、その緑色の瞳を見上げた瞬間、何かが頭の中に流れ込んできた。

だが、それはあえなく中断された。それまでフィリーネの姿を凝視していたジェスライールが何かを言ったからだ。フィリーネは流れ込んでくるものに気を取られて、彼が何を言ったのか聞き取れかった。でもミルドレッドは聞いていた。

『嘘よ。なんでこの子なの？　よりにもよって巫女なの？　同じ巫女でも、私は選ばれなかったのに……！』

いきなりミルドレッドが叫び出し、強引に儀式を打ち切った。

『番《つがい》なんて嫌いよ！　ジークは私を好きだった。愛していると言ってくれた……！　それなのに、どうして選んでくれなかったの？　私は彼を信じていたのに！』

当時は意味が分からなかったが、今なら分かる。ミルドレッドは番が現れるまで傍《そば》にいさせてくればいい、その時は諦めるからと言いながらも、心のどこかで期待していたのだ。本当に愛してくれているのなら、番ではなく自分を選んでくれるだろうと。

……でも国王は番を選んだ。

『運命なんて信じない。私は認めない！』

ミルドレッドは泣きながら叫ぶと、フィリーネに術をかけた。その時フィリーネにもすでに力はあったが、抗《こう》しきれずに記憶と力を封じられ、そして――森から飛ばされた。

気づいた時には、父の友人宅の裏手にいた。そこへ父のキルシュ侯爵がやってきたのだ。

『おお、フィリーネ、森へ入ったのではないかと心配していたぞ。さぁ、もう帰るよ』

『うん。言われた通り森には入らなかったわ』

――そして私は全てを忘れた。

森へ入ったことも、次の巫女として継承の儀を行ったことも、竜王の墓所でジェスライールに会ったことも、ミルドレッドのことも……何もかもを。

「フィリーネ様？　フィリーネ様、しっかりしてください！　大丈夫ですか？」

屈み込んだまま動かなくなったフィリーネを心配して、リルカが肩を揺さぶる。蘇《よみがえ》った記憶を反芻《はんすう》していたフィリーネは、そのおかげで我に返った。

「ごめんなさい、私は大丈夫よ」

リルカに謝りながら、赤い石を拾って立ち上がる。奇《く》しくもミルドレッドの魂が封じられた石に触れることで、中断していた継承の儀が完了してしまった。新しい竜王の巫女の誕生だ。

——不思議ね。どうして忘れていたのかしら？

歴代の巫女《みこ》の記憶が断片的に浮かんでは消えていく。もっとも鮮明なのは、やはり一代前の巫女ミルドレッドのものだった。

『ごめんなさい、あなた。あなたと同じだけの愛を返してあげられなくて。……いえ、私なりに愛していたの。でもあなたを見るたびに、あの人の面影を感じてしまい、いつまでも想いを断ち切ることができなかった。私が巫女でなければ、あなたのことだけを考えて生きていけるかもしれない。なのに、巫女の役目がそれを許さない。巫女と王族とは切っても切れないものだから。……でも、いずれ私が巫女の役目を終えたら、その時は——』

ミルドレッドの心の叫びが聞こえてきて、フィリーネはそっと目を伏せる。

何かが少しでも違っていたら、みんな幸せになれたかもしれない。そう思うと、フィリーネの胸に深い悲しみが押し寄せてきた。

「それは私のミルドレッドだ！　石を返せ！」

突然、シェルダンの叫び声が響いた。ふとそちらを見ると、彼の視線は今やジェスライールではなく、フィリーネに向いている。

「返せ！　それは私のものだ。私の番《つがい》だ！」

「やめろ！」

シェルダンがフィリーネを攻撃しようとしていることに気づいて、ジェスライールが叫ぶ。彼は慌てて止めようとしたが、それよりも早く、シェルダンがフィリーネたちに向けて力を放っていた。

「フィリーネ、みんな、逃げろ！」

そう言いながらも、間に合わないと悟ったのだろう。ジェスライールの顔には絶望が表れていた。フィリーネの足元で大地が振動する。轟音《ごうおん》が次第に近づき、土の香りが鼻腔《びこう》をついた。

「フィリーネ様！」

リルカがフィリーネの前に飛び出し、背中に庇《かば》う。グローヴ国の兵士と戦っていたジストやクレマンも事態に気づいたようだ。今度の攻撃を受けたらフィリーネだけでなく、彼らも無事では済まないだろう。

目前に迫る「土」の攻撃に、誰もが死を覚悟した。ところが襲ってくるはずの「力」はフィリーネたちの前でふわりと溶け、空気の流れとなって横を通り過ぎていく。

「……あら？」

何度も瞬《まばた》きしたあと、リルカは不思議そうに辺りを見回した。

「バカな……」

渾身の攻撃が失敗に終わり、シェルダンは呆然としている。

フィリーネはリルカの背中から前に出ると、にっこり笑った。

「リルカ。もう大丈夫よ」

「フィリーネ様？」

今までのフィリーネとは違う何かを感じたのか、リルカが不思議そうに見つめてくる。そんな彼女に笑みを返してフィリーネは言った。

「この森を守るのは私の役目だから」

「え？」

リルカは呆気にとられている。フィリーネは周囲をぐるりと見回し、まるで宣言するかのように高らかに告げた。

「竜王の森を汚す者たちよ。今すぐここから出ていきなさい」

その言葉と同時に、周辺の木々から一斉に蔓《つる》が伸びてきて、グローヴ国の兵士たちに巻きついた。

「うわぁぁ、なんだこれは！」

あちこちで悲鳴があがった。巻きついた蔓は兵士たちを森に引きずり込んでいく。彼らの声は次第に遠のき、やがて沈黙へと変わった。

「魔女だ！」

「森の魔女だ！」

「逃げろ！」

どうやら魔女の話はグローヴ国にも届いているらしい。蔓に捕まらなかった兵士たちは慌てて逃げ出し、森の中へと消えていく。けれど、彼らも蔓に捕まった兵士たちと同じ運命をたどるのだ。王族の先導なしに、この森から無事に出られるわけがない。

「大丈夫、命までは取らないわ。丸一日、暗闇の中をさまよってもらったら、向こう側への通路を開いてあげる」

くすっと笑うフィリーネを、リルカたちは唖然と見つめていた。森へ引きずり込まれたのはグローヴ国の兵士たちだけで、グリーグバルトの人間はみな無事だった。

いち早く我に返ったクレマンが呟く。

「まさか、巫女《みこ》？　フィリーネ様が巫女だったというわけですか？」

フィリーネは頷き、手の中にある赤い石を掲げた。

「先代巫女ミルドレッドの血と魂でできた石。この石に触れることで、中断していた継承の儀が完了しました。私が新しい竜王の巫女です」

「おお、なんという……」

「フィリーネ様が竜王の巫女ですって？」

「新しい巫女の誕生か」

戸惑いながらも歓声をあげる一同。それとは対照的に、シェルダンは愕然としていた。

「……なんてことだ。彼女が新しい巫女だって？」

シェルダンはそう呟いたあと、いきなりくすくす笑い始めた。

「なるほど、運命か。これが運命というやつか。いくら引き離そうとしても、王族と番《つがい》は必ず出会うというわけか」

フィリーネは眉を寄せた。シェルダンが何を言っているのか分からなかったからだ。

「アハハハ。つまり、ミルドレッドのやったことは全て無駄だったわけだね。滑稽《こっけい》だ。実に滑稽だ」

笑い声にだんだん狂気が混じり始めている。そのことを不気味に思いながら、フィリーネはジェスライールのもとへ駆け寄った。

「殿下！　怪我はないですか？」

ジェスライールはフィリーネを呆然と見つめている。

「君が……新しい巫女《みこ》？」

少し頬を染めながらフィリーネは頷く。

「はい。殿下はミルドレッドに記憶を封じられて、覚えていないでしょうけど……十二年前、私も森に呼ばれてここへ来たんです。継承の儀の途中でミルドレッドが突然怒り出し、記憶と力を奪われました。でも今ようやく儀式が完了し、新しい巫女になれたのです」

巫女と言っても知識と力を受け継いだだけで、フィリーネ自身が変わったわけではない。だからジェスライールの水色の瞳を見上げてフィリーネは微笑む。

「今の私なら、殿下にかけられたミルドレッドの術も、シェルダン殿下の術も簡単に解くことができます。待っててください、今解いてあげますね」

そう言いながらジェスライールの胸に手を置く。けれど、彼はその手を外して首を横に振った。

「いや、解かなくていい。このままにしておいてくれ」

フィリーネは戸惑った。まさかジェスライールに拒否されるとは思いもしなかったのだ。

「どうしてですか？　ミルドレッドの術はともかく、シェルダン殿下の術は番《つがい》を感知する能力を封じています。今のままでは、あなたはずっと番を見つけられない。……まだ見ぬ番を、ずっと守りたかったのでしょう？」

――私を利用してまで。

フィリーネは思わずうつむく。ジェスライールはくしゃっと自分の髪の毛を握った。

「……ああ、そうじゃない。確かに僕は、番を守るためにあえて呪いを解かなかった。でも今は違う。もう番なんて見つけなくていいんだ」

「殿下？」

首を傾げるフィリーネを、ジェスライールが抱き寄せる。そして彼女をぎゅっと抱き締めたまま、ジェスライールは呟いた。

「僕に必要なのは君だ。君を失うくらいなら、番など永遠に見つからなくていい」

「殿……ジェスライール……」

胸の奥から歓喜が湧き上がってきて、フィリーネはジェスライールの背中に手を回した。

――愛している。そう言ってもらえて、どんなに嬉しかったことか。だから、もういいの。その言葉だけで満足だわ。

フィリーネはそっと目を閉じて、ジェスライールの内面を探った。

力の使い方や感じ方は、巫女によってそれぞれ違う。フィリーネにとってジェスライールの内にある呪いは、彼に巻きついた二本の紐のようなものに感じられた。

片方の紐の結び目はかなり緩んでいて、触れるだけで解けそうだ。おそらくこれはシェルダンの術だろう。一方、もう片方の紐はとてもキツく結ばれていた。これは記憶を封じるミルドレッドの術だろう。

まずフィリーネは、緩んでいる方の紐の結び目に触れた。それはあっという間に解けてなくなる。

「あ……」

ジェスライールは驚きの声をあげた。今、自分の中で何が起きたか分かったのだろう。

次にフィリーネは、もう片方の結び目に手を伸ばす。こちらは少してこずったが、何度か弄《いじ》ってみると、結び目がパラリとほどけた。

これでミルドレッドの術は解け、十二年前にここで何が起こったか、ジェスライールにも全部思い出せるはずだ。

フィリーネを抱くジェスライールの腕の力が、不意に強くなった。

「……フィリーネ。僕の……」

彼の口から、声にならない囁《ささや》きが零れる。フィリーネが恐る恐る見上げると、ジェスライールは彼女をじっと見つめていた。信じられないと言わんばかりだったが、その水色の瞳の奥には熱っぽい光が浮かんでいる。

「殿下……思い出しました？　あの日、ここに私が現れた時のこと」

「ああ、思い出したよ。君のことを。ミルドレッドが叫んだ言葉や、彼女が僕に呪いをかけた時のことも。フィリーネ、あの日ミルドレッドがおかしくなったのは——」

そのジェスライールの言葉を、シェルダンの笑い声が遮《さえぎ》った。

「アハハハハ。ああ、ミルドレッド。君の願いは僕が叶えてやる。二人が出会ってしまったのなら、どちらか片方を消せばいい。そうだろう？」

「……フィリーネ。君は下がっていて」

ジェスライールはシェルダンを見たまま、フィリーネをぐいっと後ろに押しやった。

「でも……」

「叔父上を止めるのは僕の役目だ。確かに巫女《みこ》の力に頼れば、叔父上を殺さず押さえ込めるだろう。でも……たぶん彼は生きることを望んでいない」

『ここにいるのはね。魂の伴侶《はんりょ》を失い、半分は死んでいる男なんだよ――』

いつかシェルダンが言っていたことを思い出し、フィリーネはハッとする。そう、おそらくシェルダンはこれ以上生きることを望んでいない。ミルドレッドの仇《かたき》を取り、その願いを叶えるためだけに生きてきたけれど、それは彼の本当の望みではないのだ。

「……分かりました」

やるせなさに唇を噛み締めながら、フィリーネはジェスライールから離れた。

王族は番《つがい》を失った時から、緩やかに狂気への道を歩み始める。番の魂を傍《そば》に置いておくことで遅くはできるが、狂気からは決して逃れられないのだ。番を失っても狂わないでいられたのは、竜王グリーグバルトくらいだろう。

ただし、完全に狂う前に寿命で亡くなるか、たいていは自ら命を絶つ。そのため、番を失った王族が狂うことはほとんど知られずに済んでいた。

シェルダンが狂っているとはフィリーネにも思えない。けれど、狂気は確実に彼の思考を歪ませている。ここで捕らえて無理やり生かしても、彼のためにはならないだろう。

狂ったように笑うシェルダンを見つめながら、ジェルスライールは湖に巨大な水柱を立ち上げた。

「叔父上、あなたを今、その苦しみから解放します」

シェルダンは笑い声をピタッと消し、土の力を使って自らの前に防御壁を作る。けれど、フィリーネには分かった。呪いから解放されたジェスライールの力の方が、はるかに強大だということが。

「あなたの命を奪った罪は、僕が一生背負っていきます」

巨大な水柱がまるで大蛇のようにうねってシェルダンの方へ向かう。

ところがシェルダンはあろうことか、土の壁を急に消滅させた。

「あっ……！」

水柱が無防備なシェルダンに襲いかかる。水がその身体を呑み込む直前、シェルダンが微笑んでいたのを、ジェスライールとフィリーネは確かに見た。その微笑みはいつもの柔和《にゅうわ》な笑みとは少し違っていたが、穏やかで、幸せそうな笑みだった。

水柱はシェルダンを呑み込み、彼の身体を舞い上がらせる。巨大な水柱の中で、シェルダンの身体がぐるぐると翻弄《ほんろう》されているのが見えた。

やがて水柱はさらにうねりを増し、シェルダンの身体ごと湖に突っ込んでいく。

ジストたちの口から感嘆と畏怖《いふ》の声があがった。

「おお！」

波打っていた湖が、徐々に静かになっていく。けれど、シェルダンの身体が浮いてくることはなかった。

キラキラと輝く湖面を見つめながら、フィリーネは涙を流す。国を裏切り、自分たちを殺そうとした相手だけれど、シェルダンに対して怒りも憎しみも覚えなかった。ただただ悲しかったのだ。

――こうならない方法はいくらでもあっただろうに。

ミルドレッドは彼女なりにシェルダンを愛していた。だからこそ巫女《みこ》の役目を終えたあと、彼と新しい人生を歩もうと思っていたのだ。

もしシェルダンもあの場にいれば。幼いフィリーネがここへ来なければ。グイールがミルドレッドを殺さなければ……

ほんの少しのボタンの掛け違いが、こういう結果を招いてしまった。そのことがフィリーネは無性に悲しかった。

ふとジェスライールの方に視線を向けたフィリーネは、目を大きく見開く。彼は湖を見つめて静かに涙を流していた。

「殿下……！」

フィリーネは泣きながら走って、その胸に抱きついた。背中に手を回して精一杯抱き締める。

「私に、殿下の罪と苦しみを共有させてください。いつか、あなたの本当の番《つがい》が現れるまで、それまでお傍《そば》に……」

王族にとって番がどれほど必要か、フィリーネには分かっている。番がいるからこそ、王族は竜の血を次世代に繋げることができるのだ。巫女としてそのことを知っているフィリーネには、番より自分を選んでほしいなどとは言えない。

ミルドレッドだってそうだったはずだ。国王に別れを告げられた時、嫌だと言えなかったのも、彼女が巫女《みこ》だったからだろう。

「ありがとう、フィリーネ。でもね、番《つがい》ならもうここにいるよ」

ジェスライールの優しい声が降ってきた。

「え？」

——番がここにいる？

フィリーネがびっくりして顔を上げると、こちらを見下ろすジェスライールと目が合う。その水色の目には、甘くて蕩《とろ》けるような光が浮かんでいた。

「番ならここに、僕の腕の中にいる」

「私？　……ああ、本当の番が現れるまでは、私が番だってことですね」

自分に気を使ってくれたのだと、フィリーネは思った。けれど、ジェスライールは首を横に振る。

「本当の番だよ。十二年前のあの日、君を見た瞬間に分かった。僕の番だってことがね」

そう言いながら、ジェスライールはフィリーネの頬を両手で包んだ。

「え……私、が……？」

信じられなくて、フィリーネは口をあんぐりと開ける。ジェスライールは微笑んで頷いた。

「だからミルドレッドは怒り狂ったんだ。僕が君を見て『僕の番』と言ったから。彼女の目の前で番を見いだしたから」

——もしかして、あの時、聞き取れなかったジェスライールの言葉って……

フィリーネの中で、ストンと何もかもが腑《ふ》に落ちた。

それが本当なら、あの時ミルドレッドが言っていたことの意味が分かる。巫女《みこ》であるフィリーネがジェスライールの番に選ばれた。国王の面影を色濃く継いでいるジェスライールが、次代の巫女を番に選んだのだ。同じ巫女でもミルドレッドは選ばれなかったのに。

その光景は、彼女が愛した相手を失った時のことを、まざまざと思い出させたに違いない。実際に国王が王妃を見いだした時、ミルドレッドはその場にいなかった。だから、愛しい男に選んでもらえなかったという事実だけが、彼女の中に深い傷として残っていたのだ。

『運命なんて信じない。私は認めない！』

自分を差し置いて運命に選ばれた番。その運命に導かれ、ジェスライールと出会ったフィリーネ。どちらも許せないと感じたに違いない。

だから衝動的に、継承の儀を中断させた。フィリーネに巫女の力を継承させれば、今引き離したところで、いつかジェスライールと顔を合わせるのは必然だったからだ。

ミルドレッドは、ジェスライールと二度と会わせないために、フィリーネの力と記憶を封印した。そして、ジェスライールからもフィリーネの記憶を奪った。

それを目撃していたのがグイールだ。ジェスライールが「僕の番」と言った相手をこの場から消し、さらには彼に妖しげな術をかけたミルドレッド。そんな彼女をグイールは見過ごすことができなかった。相手が竜王の巫女だと分かっていても、看過できなかったのだ。

彼は巫女としての力をほとんど失っていたミルドレッドを斬りつけ、その場に駆けつけたシェルダンの手で殺された。

フィリーネが巫女だと知ったシェルダンが、「これが運命ということか」と言って急に笑い出した理由も、今なら分かる。

ミルドレッドが記憶と力を封じて二度と会わせないようにしたのに、フィリーネとジェスライールはすでに邂逅《かいこう》を果たしていたからだ。

「本当に、私が……」

フィリーネはジェスライールの腕の中でぷるぷると震え出す。

「そうだよ、君が僕の最愛の番《つがい》。……もっとも、番だと分からなくても、僕は君をすでに愛していたけれどね」

それは疑うべくもない。ジェスライールは運命の選んだ番より、フィリーネを選ぼうとしてくれたのだから。

「自分にあっぱれと言いたいね。でもフィリーネ。僕は断言できる。たとえ君と出会った記憶を完全に失おうと、僕は必ず君に恋をする。何度でも君を愛する。君が番だからではなく、君を構成する全てのものを愛しているから」

「ジェスライール殿下……」

ジェスライールは屈み込むと、フィリーネの唇にキスを落とした。それは触れるだけの優しいキスだったが、自分が番だと分かってから初めてのキスに、フィリーネは胸をときめかせる。

「フィリーネ。今度は偽りでもかりそめでもなく、本当の番として、僕の花嫁になってほしい」

涙を流して胸を詰まらせながら、フィリーネは頷いた。

「はい。殿下のお傍《そば》にいさせてください」

その返事を聞いて、黙って様子を見守っていたリルカたちが歓声をあげる。

「おめでとうございます！　フィリーネ様、ジェスライール殿下！」

「よかった……本当に」

「おめでとうございます。終わってみれば最良の結果とは。運命というのも捨てたものではありませんね」

「おめでとうございます、殿下！　妃殿下！」

おめでとうの大合唱と明るい笑い声が、竜の墓所にいつまでも響き渡っていた。


しばらくしてフィリーネは、ミルドレッドの魂が封じられた赤い石を、湖にそっと投じた。この湖にはシェルダンが眠っている。彼のところまで、この石を届けてあげたいと思ったからだ。

赤い石は水の中に沈んでいき、やがて見えなくなった。

「竜王陛下。二人の魂をお預けします。どうか二人に安らかな眠りとご加護を――」

跪《ひざまず》いて祈ったフィリーネが、立ち上がった時だった。湖の底から金色の光が浮かんできて、ジェスライールが目を丸くする。

「これは一体……？」

「竜の血を引く子孫に反応して、現れる幻影です。湖の中を見てください」

フィリーネは岩の上にひらりと飛び乗り、湖の底を見下ろした。

「これは……！」

ジェスライールをはじめ、全員の口から驚きの声があがる。

湖の底に、金色の鱗《うろこ》を持つ竜の姿が現れたのだ。

鋭い爪に、顎まで裂けた大きな口。そして、こうもりのような羽。それは王宮や神殿に描かれた竜王の姿そのものだった。

けれど細い瞳孔があるはずの目は閉じられ、まるで眠っているかのように、その巨体を丸めている。幻影と知らなければ、湖の底に本物の竜王が眠っていると思ってしまうだろう。

「竜王は永遠の眠りにつく直前、森に姿を変えた。つまり、この森は竜王そのものなんです。普段は見えないけれど、自分の子孫に反応して、こうして湖の底に在りし日の姿を映すんです」

フィリーネが説明する。

「巫女《みこ》の間には、代々この言葉が伝えられています。『幻影の竜が眠っているならこの国《グリーグバルト》は安泰。けれど幻影の竜が目を開けたその時は、グリーグバルトが滅びる時。だから竜の眠りを妨げてはならない』と」

「ええっ!?　い、今はちゃんと眠ってますよね？」

恐る恐る湖を覗き込むリルカに、フィリーネは答える。

「大丈夫。眠っているわ。それに、これはただの言い伝えだから」

「それならいいんですが、竜王の巫女が言うと洒落《しゃれ》になりませんわ」

怖がるリルカを見て、フィリーネたちは明るい笑い声をあげた。その声は竜王の幻影が消えても、しばらくの間絶えることはなかった。

＊＊＊

フィリーネは寝室のバルコニーに立ち、夜風に吹かれながら、真っ暗闇に包まれた森の方角をじっと見つめていた。

「フィリーネ。風邪を引くよ」

バルコニーに出てきたジェスライールが、フィリーネの肩にそっとガウンをかける。

「あ、ありがとう。でもそんなに寒くはないですよ」

ガウンを羽織《はお》りながらフィリーネは微笑む。

「打ち合わせはどうなりました？」

森を出たフィリーネたちは、直轄地《ちょっかつち》にある別荘に戻ってきた。そして夕食の後、ジェスライールはクレマンと今後のことを話し合っていたのだ。

ジェスライールはフィリーネの隣に並んでから答えた。

「うん、やっぱり、父上や大臣たちには包み隠さず伝えることにしたよ。かなり衝撃を受けるとは思うが……」

シェルダンは亡くなり、その遺体も見つからない。このまま真実を自分たちの胸に隠して、シェルダンは失踪したと報告することもできる。

けれど王宮内には他にもシェルダンが引き込んだ間者がいると思われ、さらにグローヴ国が森を越えて侵攻してきたという事実もある。このまま黙っているのは国にとってよくないだろうという結論にジェスライールたちは達したようだ。

「陛下たちは真相を知ったら、さぞお嘆《なげ》きになるでしょうね……」

「そうだね。ミルドレッドが叔父上の番《つがい》で、叔父上がそのことでずっと恨みと憎しみを抱いていたと知ったら、おそらく父上たちは自責の念に駆られるだろう。……でも、仕方ない」

二人を傷つけたくはないけれど、国王と王妃であるからには知ってもらわなければならない。ジェスライールにとっても苦渋《くじゅう》の決断だったのだ。

フィリーネは手を伸ばしてジェスライールの腕に触れた。

「大丈夫です。だって、お二人には殿下がいますもの」

「……そうだね。そして君もいてくれる」

ジェスライールは微笑むと、フィリーネをそっと抱き寄せる。彼に寄り添いながら、フィリーネはほぅと息をついた。

――まだ信じられない。私が殿下の番だったなんて。

互いにその記憶は失ってしまっていたけれど、再びこうして出会えた。そして本物の番として伴《はん》侶《りょ》に選んでもらえた。これ以上の幸せはないだろう。

「そういえば、さっき、ここから何を見ていたの？」

ジェスライールがそう尋ねてくる。フィリーネは彼に抱かれたまま暗闇に視線を戻した。

「森を見ていたのです」

あの暗闇の中では未だにグローヴ国の兵士たちがさまよい続けている。戒《いまし》めのつもりでやったことはいえ、彼らはどうしているか気になって気配を確認していたのだ。

ところがジェスライールは、フィリーネが竜王のことを考えているものと勘違いしたようだ。フィリーネを抱きしめる腕の力が強くなる。

「君が巫女《みこ》なのは分かっているけれど、他の男のことを考えていると思うと嫌でたまらない。たとえそれが竜王陛下のことであっても」

「え？　いえ、私が考えていたのは竜王陛下のことではなくて……」

「他の男のこと？　それはもっと許せないな」

「いえ、だから――」

その先を言うことはできなかった。いきなり唇を塞がれたからだ。

「んっ……！」

突然のことにびっくりしたものの、フィリーネはすぐにジェスライールの口づけに応えた。唇を薄く開けて彼の舌を受け入れる。舌と舌を絡ませていると、下腹部がじわりと熱を帯びた。

「……ふぁ……」

バルコニーに唇を啄《つい》ばむ音がチュクチュクと響き渡る。何度も何度も角度を変えて貪《むさぼ》られているうちに、フィリーネの身体からすっかり力が抜けていた。

どちらのものとも分からない唾液が咥内《こうない》に溢れて、唇の端から零れていく。

やがて顔を上げたジェスライールは、激しいキスにぼうっとしているフィリーネを見下ろし、嫣《えん》然《ぜん》とした笑みを浮かべた。

「両親を立ち直らせるいい方法を思いついたよ、フィリーネ」

「え?」

「僕らに子どもができれば、父上たちはきっと元気になると思う」

そこで突然、ジェスライールがフィリーネを抱き上げた。

「きゃあ!」

「だから、僕らは頑張って二人に孫をプレゼントしなければね」

そう言って、ジェスライールはフィリーネを寝室のベッドへと運んでいく。フィリーネは唖然としながらジェスライールを見つめた。すると、その口元には淫靡《いんび》な笑いが、そして水色の瞳の奥には情欲の光が浮かんでいるのがわかった。

――こ、これは……

フィリーネには分かる。彼の中ではもう完全に切り替わっているのだ。昼間の完璧な王子様の顔から、意地悪で淫《みだ》らな支配者の顔へと。

――あれ? でも……

ベッドに下ろされ、シンプルな夜着のボタンを外していくジェスライールに、フィリーネは恐る恐る尋ねる。

「で、殿下……？」

「なんだい？」

はだけた襟元に片手を滑《すべ》らせ、柔らかな胸の膨らみを手の中に収めながら、ジェスライールは聞き返した。

「……ん……、殿下は、その、ベッドでの自分は、んっ、狂いかけているって……」

ジェスライールは前に、ベッドの中でフィリーネを苛《いじ》めて泣かせたい、よがらせたいと思ってしまうのは、自分がすでに狂いかけているからだと言っていた。

——でも私という番《つがい》を見つけた今、彼が狂気に走ることはない。だったらこれは……？

「そうだったかな？　ああ、胸だけでイケるか試してみるかい？　フィリーネ」

「ひゃぁ……っ」

ぷっくり膨らんで熱を帯びている先端を指先でコリコリと擦《こす》られ、フィリーネはビクンと身体を震わせた。

「んんっ……」

「君が感じている時の顔は、僕をこの上なく煽《あお》る。……僕を狂わせる」

ふにふにと柔らかな肉を揉みしだきながら、ジェスライールはもう片方の手をフィリーネのドロワーズへと滑らせる。そしてドロワーズのリボンを解き、艶《あで》やかに笑った。

「そう、僕を狂わせているのは君自身だ」

「ぁああ！」

蜜口をぬるりと這《は》う指の感触に、フィリーネは悶《もだ》えた。無意識のうちに腰が淫《みだ》らに揺れてしまう。

――そうよ。そもそも十二歳の頃に私と出会っていた彼が、狂うはずはないんだわ。

「あんっ……、だったら、これは……」

ジェスライールはフィリーネの耳朶《みみたぶ》に歯を立て、しゃぶりながら囁《ささや》く。

「ねぇ、どれだけイカせれば、君が上手におねだりしてくれるのか、試してみようか？」

ゾクッと背筋を震わせながら、フィリーネは確信した。

――つまり、元々こういう性癖《せいへき》なだけだったのね……！

「今夜は寝かさない。とことん付き合ってもらうよ、フィリーネ」

「そんなぁ……！」

別邸の寝室にフィリーネの悲痛な声が響き渡った。


胡坐《あぐら》をかいたジェスライールの肩に縋《すが》り、ゆっくり腰を下ろしながら、フィリーネは怒張を呑み込んでいく。けれど途中でその動きを止め、首を横に振った。

「っ、だめ……っ、むり……」

開かされた脚が自分の体重を支えきれずプルプルと震えている。これ以上耐えられなくて涙目で訴えたのに、ジェスライールは許してくれなかった。

「だめじゃない。大丈夫だよ、ほら、頑張って」

彼が笑いながら一度軽く突き上げると、フィリーネの身体が躍った。

「あっ……！」

フィリーネは唇を噛み締めて快楽に耐える。けれど、ジェスライールの手が敏感な肉芽を摘まみ上げると、甘い衝撃が再び襲ってきた。

「ひゃぁん」

「ほら、頑張って全部呑み込むんだよ」

「は……い……」

目に涙を浮かべながら、フィリーネはまた腰を下ろしていく。

『どれだけイカせれば、君が上手におねだりしてくれるのか、試してみようか？』

その言葉通り、ジェスライールは胸や蜜壷を手と指と舌をさんざん使っていたぶり、フィリーネを何度も絶頂に導いた。そして耐えられなくなったフィリーネが恥を忍んで「おねだり」すると、彼はこう言ったのだ。

『じゃあ、フィリーネ。自分で挿《い》れてみて』

かくして、フィリーネはジェスライールの膝に向かい合わせに座り、彼の猛《たけ》ったモノを自分から受け入れなければならなくなったのだ。

挿れられるのと自分で挿れるのとでは大きく違う。少し腰を下ろすだけで強烈な快感が突き抜け、なかなか奥まで呑み込めない。

けれど、苦労しているのは他にも理由がある。

「どうして、いつもより、大きいっ、の……！」

今フィリーネの膣《ちつ》に入っているモノは、どういうわけかいつもより大きく感じられるのだ。毎夜のようにそれで貫かれているはずのフィリーネでも、容易には受け入れることができず、泣き言を言いたくなってしまう。

「フィリーネが僕の番《つがい》だってわかったからね」

ジェスライールはフィリーネの背中を撫で上げながら、にっこり笑った。

「これまではフィリーネをいつか手放さなければならないと思っていたから、自分を抑えていたんだ。でも君は僕の本当の番だったんだから、もう遠慮はいらないよね？」

――あれで、抑えていたですって……？

フィリーネはゾッとしてしまう。更に余計な知識までが不意に頭に浮かんできて、フィリーネは泣きそうになった。

――竜族は性欲が底なしで絶倫だって、誰かが言ってた……

「む、無理、これ以上は無理！」

フィリーネは泣きながら首を横に振る。今までも朝まで放してもらえなかったり、目が覚めたら勝手に挿入《そうにゅう》されていたりとさんざんだったのに、これ以上なんてとても無理だ。

ところがジェスライールは、フィリーネの泣き言を違う意味に受け取ったらしい。

「仕方ないね、じゃあ今回は手伝ってあげる」

ジェスライールは笑って言うと、フィリーネの腰を掴んでずんっと突き上げた。

「あああっ――――！」

全身を貫く衝撃に、フィリーネの口から甲高《かんだか》い悲鳴がほとばしる。力強い一突きで、ジェスライールの楔《くさび》はフィリーネの奥まで突き刺さったのだ。背筋から脳天までぴりぴりとした刺激が走り、指の先から脚のつま先まで痺《しび》れが広がっていった。

「あっ……あっ……」

フィリーネはジェスライールの首に縋《すが》って全身を貫く快楽に耐える。

ジェスライールはフィリーネの背中や腰を撫でながら、彼女の額や頬にキスの雨を降らせた。

「可愛いよ、フィリーネ。奥まで挿《い》れただけでイっちゃったんだ？」

――この、エロ王子……！

フィリーネは文句を言いたかった。けれど、唇を噛み締めていないと喘《あえ》ぎ声が出てしまうので、仕方なく口をつぐむ。それに、気づいてしまったのだ。意地悪いことを言いながらもフィリーネを撫でる手はとても優しく、心からの愛情がこもっていることに。

諦めと共にフィリーネは心の中で白旗を上げる。

――仕方ないわ。昼間の優しいあなたも、夜の意地悪なあなたも、どっちもあなたなんだもの。私はそんなところを含めて、あなたを好きになってしまったんだから。

「愛しているよ、フィリーネ。僕の番。僕の心」

「……私も、愛しています。私の王子様」

どちらともなく唇を寄せ合い、深いキスを交わす。そしてジェスライールはフィリーネが落ち着くのを見計らい、腰を動かし始めた。

「あっ、ん、あンっ……！」

フィリーネの体重が加わった分、いつもより結合が深くなる。一突き一突きが重く、怖いくらいの悦楽《えつらく》を送り込んできた。それでも快楽に慣らされたフィリーネの身体は、更なる悦《よろこ》びを貪欲《どんよく》に求め続ける。無意識のうちに、ジェスライールの動きに合わせて腰が揺れていた。

「あっ、い、いい！　ああっ、んんっ、ぁはぁ」

「淫《みだ》らな君も大好きだよ。フィリーネ……」

「あんっ、ジェスライール、ジェスライールぅ」

フィリーネはジェスライールの突き上げに合わせて腰を振り、嬌声《きょうせい》を響かせた。

秘唇からは蜜が滴《したた》り落ち、互いの性器がぶつかり合うたびに、じゅぷじゅぷと粘着質な水音を奏でる。

激しく揺れる胸の先端をジェスライールの口が捉え、舐めしゃぶった。

「はぁ、んン、はぁ、ん、あぁぁぁ！」

ジンジンと疼《うず》く胸への刺激に、フィリーネの媚肉《びにく》は悦楽に震える。襞《ひだ》が猛《たけ》った怒張に絡みつき、熱く締めつけた。

「くっ……」

まるで煽《あお》られたように、ジェスライールの突き上げが速くなる。もうフィリーネを言葉で責める余裕もないようだ。

「あっ、あっ、あっ」

ずんずんと突き上げられ、フィリーネの口からひっきりなしに喘《あえ》ぎ声が漏れる。今日何度目かの絶頂の波が、すぐそこまでやってきていた。

頭の中は真っ白に染まり、ただただ与えられる法悦《ほうえつ》を享受《きょうじゅ》する。今のフィリーネには森との繋がりも巫女《みこ》としての意識もなく、愛するジェスライールのことだけを考えていた。

「フィリーネっ……！」

ジェスライールがフィリーネの唇を求め、フィリーネもそれに応じる。

「んぅ……ふぅ、んんっ……」

舌を絡ませ合い、上と下の両方で深く繋がりながら、二人は共に揺れ動いた。

「んんっ、んん、んんっーーーー！」

やがてフィリーネが先に絶頂を迎え、眉間《みけん》に皺《しわ》を寄せてくぐもった悲鳴をあげた。ジェスライールの腕の中で、びくんびくんと何度も痙攣《けいれん》する。

フィリーネは頭の奥が痺《しび》れ、もう何も考えられなかった。その間も媚肉は蠕動《ぜんどう》を繰り返し、ジェスライールの雄芯に絡みついて、きつく扱《しご》き上げる。

「くっ……」

ジェスライールは歯を食いしばり、フィリーネのお尻の肉に指を食い込ませる。けれど抗《こう》しきれず、背筋を這《は》い上がる甘く強烈な痺れに、とうとう己を解き放った。

ずんと強く突き上げられ、フィリーネの身体が揺れる。膣内《ちつない》をみっちりと埋め尽くす肉茎がぐぐっと盛り上がり、自分の中で弾けるのを感じた。

身体の奥深くに熱いものが広がっていく。

「んっ……」

愛する男の白濁《はくだく》が子宮を満たしていく感覚に、フィリーネは得も言われぬ悦《よろこ》びを覚えた。

だが、しばらくすると、ジェスライールがゆっくり腰を動かし始める。フィリーネの中にあんなに子種を放出しておきながら、その雄は未だに硬さを失っていなかった。

「まだだ。まだ足りない」

「――え？」

心地よい疲れに身を任せていたフィリーネは、その言葉に目を剥《む》く。そして、再び始まった律動に、否《いや》が応にも啼《な》かされてしまうのだった。

エピローグ　花嫁は竜の夢を見る

「まさかフィリーネが殿下の番《つがい》だったとは、びっくりしたのなんのって。嘘から出た真《まこと》とは、こういうことを言うのだな」

フィリーネを見て感心したように何度も頷くのは、コール宰相だ。

「おじ様。その話、もう何回目だと思っているの？」

向かいの席に座るフィリーネは、彼に呆れた目を向ける。

竜王の命日から一ヶ月近くが経っていた。その間、コール宰相とは何度か顔を合わせているが、彼は毎回同じことを言うのだ。

「いやいや、私もそれなりに長く生きているが、こんなに驚くことはめったにない。こうして何度も繰り返さずにいられないほど驚いたということなのだよ」

「確かに、めったにないことかもしれないけれど……」

「まぁ、それ以外にも驚くことはあるけどな。……今まさに、現在進行形で」

コール宰相の目が、フィリーネの背後にいる人物にちらりと向けられ、そして逸らされた。さっきからなるべく視界に入れないようにしていたらしいが、フィリーネと話していると、どうしても視界に入れざるを得ない。

「はい、フィリーネ。あーん」

フィリーネに背後からぴったり抱きついているジェスライールが、彼女にフォークを差し出す。そのフォークの先には、一口大に切った魚のムニエルが刺さっていた。

「フィリーネ。口を開けて。ほら」

「あの、ジェスライール殿下。私、一人で食べられ……」

「はい、あーん」

フィリーネの言い分を無視したジェスライールは、彼女の口元にフォークを運ぶ。フィリーネは頬を真っ赤に染めながらも、仕方なく口を開いた。

「しかし、あの殿下がこうも変わるとは。自分の目で見ても、まだ信じられん……」

フィリーネとその背後にいるジェスライールを見て、コール宰相が首を横に振る。フィリーネはますます顔を赤くした。

「で、殿下。おじ様が見ているので、その……」

「別に宰相は気にしないよね？」

にっこり笑いながら、ジェスライールがコール宰相に尋ねる。コール宰相はジェスライールと彼の膝に座るフィリーネを見てから、視線をあさっての方に向けた。

「気になるような気もしますが、気にならないと言えばなりませんなぁ」

「ちょっと、日和《ひよ》らないでよ、おじ様！」

テーブルをバンバン叩いてフィリーネは抗議した。

彼女は先ほどからジェスライールの膝の上に座らされ、彼の手でせっせと口に食べ物を運ばれている。それもコール宰相の目の前でという、羞恥《しゅうち》プレイ真っ最中だ。

二人きりの時なら、このような状況もたいして珍しくはないのだが……

――まさか、人前でやらされるとは……

「給餌《きゅうじ》行動か……。そういえば先代の国王陛下も、王妃陛下を膝の上に乗せて給餌するのがお好きであったな。きっと血筋だろうなぁ……」

コール宰相は遠い目になった。居たたまれなくなったフィリーネは慌てて話題を変える。

「そ、そういえばメルヴィンおじ様、私に報告したいことって何なの？」

そもそもこうして三人で食事をしているのは、フィリーネとジェスライールに報告することがあるからと、コール宰相から面会を申し込まれたためだ。それならばと言って夕食の場に彼を招待したのはジェスライールだった。

――メルヴィンおじ様も、まさかこんな場面を見せつけられるとは予想していなかったでしょうけどね。

「おお、そうだった。目の前の光景が衝撃的すぎて、大事なことをうっかり忘れるところだった」

さらりと余計なことを言ったコール宰相は、背筋をしゃんと伸ばして話し始めた。

「グローヴ国の城に放っていた間者によれば、あちらではわが国への侵攻計画は立ち消えになり、殿下が呪いにかかっているという噂もあっという間に消えたそうです」

「それはよかった」

『沈黙の森』への派兵については、軍の一部が暴走したということで処理するみたいですな。これを機に、グローヴ国をちくちく刺してやりたかったのですが……こちらもシェルダン殿下のことがありますから、互いになかったことにする方向で落ち着きそうです」

「……まぁ、全面戦争になるよりはマシよね」

フィリーネはため息をつく。

王弟が国を裏切って敵兵を手引きしたという事実は、あまりに影響が大きすぎるとの判断により、伏せられることになった。シェルダンは不慮の事故で亡くなったと公表されている。

今現在、グリーグバルトの国民は喪《も》に服し、王太子妃フィリーネのお披露目《ひろめ》は延期になっていた。まぁ、それはフィリーネとしては願ったり叶ったりなのだが。

「陛下と王妃陛下のご様子はどうです？」

ジェスライールを見上げてフィリーネは尋ねた。

二人はシェルダンの訃報《ふほう》と彼のやったこと、そしてその動機を知って、ひどいショックを受けていた。国王は今まで以上に己を責めて、罪の意識に囚われるようになったのだ。

それは王妃も同様だった。彼女は自分が国王と出会ったために、全ての悲劇が引き起こされたと考えている。半月前に顔を合わせた時も、二人は憔悴《しょうすい》しきっていた。

「だが、だいぶ持ち直していると思う。少しずつ元気になっておられるようだ」

「そう。それはよかった。……あ、そうだわ。財務大臣のグレイスから、今度王妃様を慰《なぐさ》めるためのお茶会を開くから来てほしいって、招待状が届いてるんです。行ってもいいでしょうか？」

フィリーネがジェスライールに尋ねると、とたんに彼は渋い顔になった。

「うーん、あまり君を外に出したくないのだけど……まぁ、男の参加者がいないのなら別にいいかな」

「ありがとうございます！　さっそく返事を出しますね！」

フィリーネは「外に出したくない」「男の参加者がいないのなら」という言葉を綺麗さっぱり無視して喜んだ。竜の血を引く男は嫉妬《しっと》深い。これくらいのことでいちいち気にしていたらやっていけないのだ。

「あまり長時間はだめだからね。あ、デザートいるかい？」

「いえ、もういいわ。殿下が食べたら？」

「僕が食べたいのは君だ。君はデザートみたいに甘いから」

「そ、そんなに甘くは……」

そこでゴホンと咳払いをして、コール宰相が立ち上がった。

「何だかお腹いっぱいになりましたし、妙に甘ったるくて胸焼けを起こしそうなので、私はこれで失礼しますよ。殿下、フィリーネ」

「あら、もう帰ってしまうの？　メルヴィンおじ様」

「そうか、気をつけて帰ってくれ、コール宰相」

温度差のある反応を見せる二人に、乾いた笑みを浮かべると、コール宰相は再び挨拶《あいさつ》をして戸口へ向かった。だが、その途中で振り返る。

「そういえば、まだお聞きしていませんでしたね。新しい巫女《みこ》は、どんな方だったのですか」

「それは……」

二人は顔を見合わせた。実はフィリーネが新しい竜王の巫女だということは、あの場にいた者たちしか知らない。それを秘密にしたのは、フィリーネの身の安全のためだった。

国王や大臣たちへは、グローヴ国との戦闘になった時に新しい巫女が姿を現し、敵兵を追っ払ってくれたと報告している。けれどフィリーネたちはその顔を見ていない、だから誰だか分からないと、そういうことにしていた。

ジェスライールはにっこり笑って答える。

「残念ながら、顔はよく見えなかったんだ。でも、たぶんフィリーネと同じくらいの若い女性だったと思うよ」

＊＊＊

その夜もさんざんジェスライールに食べられ、貪《むさぼ》られたフィリーネは、喉の渇きを覚えて夜中に目を覚ました。

拘束するようにがっちり絡みついた手足をほどいて、ジェスライールの腕から抜け出す。そして水差しの水を飲んで、ふぅと一息ついた。

その後、ジェスライールの腕の中に戻ろうとしたフィリーネは、ベッドに入ったところで動きを止める。そして彼の寝顔を見つめ、ふっと笑みを浮かべた。

――ジェスライール。私、実は内緒にしていることがあるの。

フィリーネはそっと自分の下腹部に両手を置いた。

月のものが遅れている。

そのことに気づいたのは昨日だ。まだ身体の変化はないし、他に兆候はないけれど、フィリーネはなぜか確信していた。

このお腹の中には新しい命が、竜の血を継ぐ命が宿っていると。

――近いうちに、お医者様に診てもらわなきゃね。

フィリーネの妊娠を知ったら、ジェスライールは喜ぶだろう。国王夫妻もきっと喜んでくれるはずだ。この新しい命はシェルダンを失った彼らにとって、何よりの慰《なぐさ》めになるに違いない。

今から彼らの反応が楽しみだった。

フィリーネはジェスライールの腕の中に戻ると、彼の胸に頬を寄せて、そっと目を閉じる。その口元には幸せそうな微笑が浮かんでいた。

勇者様にいきなり求婚されたのですが 1
Regina COMICS
原作 富樫聖夜 Seiya Togashi
漫画 渡辺うな Una Watanabe
大好評発売中!!
シリーズ累計13万部突破!
アルファポリスWebサイトにて好評連載中!
待望のコミカライズ!
魔王に攫《さら》われた麗《うるわ》しの姫を救い出し、帰還した勇者様ご一行。そんな勇者様に王様は、何でも褒美をとらせるとおっしゃいました。勇者様はきっと、姫様を妻に、と望まれるに違いありません。人々の期待通り、勇者様は言いました。
「貴女を愛しています」と。
姫の侍女である、私の手を取りながら——。
ある日突然、勇者様に求婚されてしまったモブキャラ侍女の運命は……!?
B6判・定価680円+税・ISBN978-4-434-21676-3
アルファポリス 漫画
検索
…わ、私、モブキャラなんですけど!?
ツッコミ体質の侍女×史上最強勇者のラブコメファンタジーコミカライズ!

可愛い声で煽るな。食べたくなるだろうが。

王女とは名ばかりで使用人のような生活を送るセシリア。そんな彼女が、衆人環視の中いきなり大国の王太子から求婚された!? こんな現実あるはずないと、早々に逃げを打つセシリアだけど、王太子の巧みなキスと愛撫に身体は淫らに目覚めていき……
抗えない快感も恋のうち?
どん底プリンセスの溺愛シンデレラ・ロマンス！

定価：本体1200円+税　　Illustration：瀧順子

聖女として生まれ、小さな村の教会で暮らすセレナ。ある日、美貌の吸血鬼レオンスと恋に落ちたものの、聖女には「恋愛も結婚も禁止」という掟《おきて》がある。思い悩むセレナに、「必ず乗り越えてみせる」とぐいぐい迫ってくるレオンス。その上、彼の牙には催淫《さいいん》効果があるらしく、噛み付かれたセレナの身体は超敏感になってしまい――!?

定価：本体1200円+税　Illustration：天城望

富樫聖夜（とがし せいや）
ファンタジー小説や恋愛小説をwebにて発表。2011年、「勇者様にいきなり求婚されたのですが」にて「アルファポリス第4回ファンタジー小説大賞」特別賞受賞。2012年に同作品で出版デビューに至る。

イラスト：ロジ
http://logica-physica.info/

竜《りゅう》の王子《おうじ》とかりそめの花嫁《はなよめ》

富樫聖夜（とがし せいや）

2016年 6月 30日初版発行

編集－及川あゆみ・羽藤瞳
編集長－塙綾子
発行者－梶本雄介
発行所－株式会社アルファポリス
〒150-6005東京都渋谷区恵比寿4-20-3 恵比寿ｶﾞｰﾃﾞﾝﾌﾟﾚｲｽﾀﾜｰ5F
TEL 03-6277-1601（営業） 03-6277-1602（編集）
URL http://www.alphapolis.co.jp/
発売元－株式会社星雲社
〒112-0012東京都文京区大塚3-21-10
TEL 03-3947-1021
装丁・本文イラスト－ロジ
装丁デザイン－ansyyqdesign
印刷－図書印刷株式会社

価格はカバーに表示されてあります。
落丁乱丁の場合はアルファポリスまでご連絡ください。
送料は小社負担でお取り替えします。

ISBN978-4-434-22092-0 C0093